D0943471

L'IMMORTEL
ET LES
INVISIBLES

DÉJA PARUS :

K.-H. SCHEER
et CLARK DARLTON

LES AVENTURES
DE PERRY RHODAN

L'IMMORTEL
ET LES
INVISIBLES

ÉDITIONS FLEUVE NOIR
6, rue Garancière - Paris VIe

Titre allemand de cet ouvrage :
ERNST ELLERTS RÜCKKEHR
et
HIMMEL OHNE STERNE
de Clark Darlton

Traduction : Ferdinand PIESEN

Edition originale parue
dans notre collection « Anticipation » sous le numéro
780

PREMIERE PARTIE

CHAPITRE PREMIER

Ils arrivaient en force et leur nombre était tellement écrasant qu'il étouffait toute velléité de résistance. D'innombrables planeurs galactiques se posèrent sur le sol dur et caillouteux et leurs canons énergétiques se braquèrent tous vers la falaise, là où se dissimulait le laboratoire souterrain du grand savant.

Celui-ci observait leur arrivée sur les écrans vidéoscopiques en se demandant vainement comment ils étaient parvenus à déceler le lieu de sa retraite. Mais ses pensées étaient troublées par les étranges sonorités que lui transmettaient les microphones placés à l'extérieur, sonorités imperceptibles pour tout autre que lui puisqu'il s'agissait d'ultra-sons.

— Onot, tu es cerné de toutes parts. Rends-toi sans armes et viens à la surface, sinon tu seras tué et ton labo anéanti !

Onot était démoralisé. Son pressentiment n'avait pas menti. Sa vie avait été semée d'embûches. Souvent, il avait agi contre sa volonté, comme s'il n'était pas l'ami de son peuple, mais plutôt son ennemi. C'était à cause de lui que les robots de l'agresseur avaient pu détruire le central des ordinateurs et — plus tard — mettre à sac le centre d'études spatiales.

— J'arrive ! répondit, résigné, le savant.

Il se trouvait dans une immense salle souterraine, creusée au cœur de la roche par des désintégrateurs nucléaires, et qu'une galerie unique reliait à la surface. Dans ce labo, il avait trouvé le silence et le calme indispensable à ses travaux qui avaient abouti à nombre d'inventions importantes. A l'heure présente, tout cela ne comptait plus. Seule comptait la trahison dont il s'était rendu coupable.

Sa main droite palpa son poignet gauche enflé qui, cependant, n'attirait pas spécialement l'attention. Une légère pression du doigt aurait suffi pour brancher la pile alimentant le micro-émetteur sous-cutané, mais il hésita : à qui pouvait-il lancer un appel au secours ? Alors, il se dirigea vers la sortie où l'attendaient les policiers...

Entre-temps, les équipages des planeurs s'étaient déployés tout autour de la falaise, tandis que dans le ciel bourdonnaient d'autres avions, prêts à soutenir l'action contre le savant félon.

Les arrivants n'étaient pas des hommes. Hauts de trois mètres, se déplaçant lourdement sur deux jambes cylindriques, leurs têtes avaient la forme d'une boule large de cinquante centimètres, sans nez ni oreilles, mais dotée de quatre yeux permettant une vision presque circulaire, et d'une bouche

8

triangulaire. Ils étaient imberbes et leur peau ressemblait à du cuir épais et luisant.

C'étaient des Droufs, lointains descendants d'insectes géants. Ils communiquaient entre eux par ondes et ultra-sons, émis et captés par des antennes organiques invisibles de l'extérieur. Leurs bras étaient informes, mais leurs mains et leurs doigts d'une grande délicatesse, disproportionnés par rapport à leurs corps monstrueux.

Au pied de la falaise s'ouvrit une faille qui, en s'élargissant, livra passage au savant qui sortit, les bras levés.

— Fouillez-le! ordonna un officier de police.

Les policiers ne trouvèrent aucune arme et le micro-émetteur sous le poignet enflé d'Onot échappa à leur attention. L'immense soleil rouge s'inclinait vers l'horizon; la nuit ne tarderait pas à venir. Près du soleil brillait un satellite vert, presque caché par le rayonnement rouge.

Une demi-heure de vol, et le planeur de la police se posa sur l'astroport de la capitale. Un véhicule blindé conduisit les policiers et leur captif vers le palais de justice.

Une petite ouverture grillagée permit au savant de regarder au-dehors. Il était surpris de constater les dégâts qu'avaient subis la plupart des maisons. Des quartiers entiers étaient rasés et anéantis. Un sentiment de culpabilité s'empara de lui, mais une voix intérieure lui assura qu'il n'était pour rien dans ce désastre. Il essaya vainement d'identifier cette voix mystérieuse provenant d'une présence occulte qu'il ressentait vaguement.

Des mains brutales le sortirent du véhicule ; il se trouvait au milieu d'une vaste cour entourée de hauts murs percés d'étroites fenêtres barrées. Après avoir parcouru un dédale d'escaliers et de couloirs, il fut poussé dans une cellule équipée d'un bat-flanc, d'une table et d'une chaise en bois blanc ; c'était tout. Au plafond, la grille d'un climatiseur, à moins que ce ne fût un dispositif photoélectrique. Le silence était total.

Le prisonnier tenta de réunir ses pensées. Mais le passé lui échappait. Tout au plus put-il se rappeler les plus importantes de ses nombreuses inventions. N'était-il pas le plus célèbre parmi les scientifiques droufs ? Son espoir se ralluma lorsqu'il pensa à la plus récente de ses inventions. C'était un stabilisateur de temps, capable de créer un champ où le temps, figé, ne s'écoulait plus.

Vainement, Onot essaya de percer le mystère qui entourait les événements inexplicables de ces derniers temps. De violents maux de tête l'assaillirent, comme souvent en pareil cas ; et c'était parfois au milieu de ces douleurs presque intolérables qu'il avait entendu la voix mystérieuse et cru pouvoir distinguer de qui elle émanait. Mais ces efforts actuels n'aboutirent à rien.

Le capitaine Marcel Roux occupait un poste perdu. Comme l'indiquait son nom, la planète Hadès était vraiment un enfer. C'était la treizième planète du plus grand système solaire que les

10

hommes avaient pu découvrir jusqu'ici. Siamed, l'immense soleil double, était entouré de soixante-deux planètes dont presque chacune possédait des lunes. La seizième planète était Drufon, le monde principal de l'univers des Droufs.

C'était la raison de la présence, sur Hadès, du capitaine Roux. Il y dirigeait une base secrète terranienne creusée profondément dans la roche par les radiations thermiques des vaisseaux inters-tellaires de Terrania, loin de la surface de cette planète inhospitalière où la vie n'était possible que dans l'étroite zone crépusculaire. Il n'avait aucune raison de se montrer à la surface où il risquait de tomber sur d'éventuelles patrouilles droufes. Après la lourde défaite qu'ils avaient essuyée dans l'espace einsteinien, les Droufs s'étaient retirés dans leur propre univers et avaient renoncé à toute tentative d'augmenter leur puissance. Leurs adversaires avaient profité de leur retraite pour démanteler leur base spatiale qui abritait l'arme la plus récente conçue par Onot.

Mais la prudence s'imposait. Si les Droufs découvraient l'existence d'une base solarienne dans leur propre espace, ils n'hésiteraient pas à frapper de toute leur force. Pourtant, cette base n'avait plus qu'une seule raison d'être : assurer la liaison avec Ernest Ellert.

Il y avait soixante-dix ans qu'Ernest Ellert était devenu membre du corps des mutants. Ses dons prémonitoires avaient déterminé son sort.

A la suite d'un accident, son esprit et son corps s'étaient dissociés. Depuis cet événement, son intellect parcourait sans trêve les espaces et le temps à la recherche d'un présent qui, n'existant que pour lui, était l'*avenir* pour les hommes ! Son corps n'était pas celui qu'il avait possédé à l'origine et qui, grâce à Perry Rhodan, reposait dans un mausolée non loin de Terrania.

Ernest Ellert séjournait à Drufon, la planète des Droufs. Il avait promis de se signaler lorsque le moment serait venu pour lui de quitter son corps d'emprunt et de retourner à Terra.

A la distance d'une année-lumière de Hadès, l'Univers présentait une faille entre l'espace des Droufs et celui d'Einstein. C'était le seul endroit où il était possible de passer d'un espace à l'autre sans avoir besoin d'équipements spéciaux. Cependant, cette faille, que l'on appelait aussi entonnoir-détendeur, se déplaçait en se rétrécissant continuellement. L'heure était proche où elle n'existerait plus. Sa disparition signifierait aussi celle des Droufs de l'espace solarien — à moins qu'ils ne réussissent à construire un pont supertemporel.

Une douzaine de transmutateurs étaient installés sur Hadès. C'est grâce à eux qu'il avait été possible d'établir et d'équiper la base secrète. Ces dispositifs n'avaient pas seulement servi au transport du matériel sur une distance d'une année-lumière. Ils assuraient également le retour du personnel lorsque cela était nécessaire. Pour l'instant, tout était calme.

Marcel Roux faisait sa ronde coutumière, adressant la parole à ses hommes, contrôlant le fonctionnement des appareils de surveillance, des télécommunications et de défense.

— Le croiseur *Ohio* se trouve juste devant l'entonnoir-détendeur, signala l'officier de service ; à part cela, rien de particulier.

Marcel Roux le remercia d'un signe de tête, puis retourna chez lui. La paix semblait profonde. Pourtant, la catastrophe était à quelques minutes-lumière seulement.

**
*

Deux jours et trois nuits passèrent pour Onot dans sa cellule, sans que personne ne s'occupât de lui. Un gardien taciturne lui apporta à manger, mais refusa de répondre à ses questions.

Onot ne rendait pas compte qu'il était amnésique, tout en admettant que certains événements s'étaient effacés de sa mémoire. D'un autre côté, il se rappelait très bien avoir agi, dans plusieurs circonstances, d'une façon inexplicable, en particulier en permettant aux robots la destruction du grand ordinateur souterrain. Il se souvenait de l'événement, mais c'est en vain qu'il se creusait la tête, pour en connaître les tenants et les aboutissants. A chaque fois, de lancinantes céphalées paralysaient sa pensée.

Il avait agi malgré lui, il était pris dans un piège, on allait lui imputer des faits qu'il ignorait ou, du moins, dont il n'était pas responsable, en particulier cette ténébreuse et grave affaire du centre calculateur souterrain. Parfois, il avait l'impres-

13

sion de pouvoir saisir la réalité de ses mains, mais au même moment, une main invisible la lui dérobait subrepticement. Une main... mais la main de qui ?

Parfois, Onot se rappelait une présence obscure et puissante, invisible, mais dotée d'une voix qui semblait naître en lui-même.

Le matin du troisième jour, la mémoire d'Onot se précisa. La voix prétendait demeurer en lui depuis longtemps, contrôler son activité et être la source de sa prodigieuse carrière scientifique. C'était elle aussi qui lui avait imposé une obéissance absolue, et ordonné de mettre le récepteur-transmutateur au service des robots étrangers venus pour détruire la centrale.

Mais les juges le croiraient-ils ? Avoir agi malgré lui sous influence d'une « voix mystérieuse » — quel prétexte facile, enfantin, dans la bouche d'un grand savant, surtout face à des Droufs qui n'admettaient que le fait précis.

Onot continuait de fouiller sa mémoire. « Tu vas mourir si je t'abandonne », avait dit la voix. Or, elle l'avait abandonné et il vivait toujours !

Dans son esprit, le passé commença à se préciser. Il pourrait convaincre ses juges du bien-fondé de ses dires, bâtir un autre central calculateur, reconstruire l'appareil fige-temps, réparer ses fautes.

« Je suis un savant qui a perdu son corps, avait assuré la voix, j'ai élu domicile dans le tien. Tu dois m'obéir sans résistance. » Onot avait obtempéré parce qu'il ne pouvait pas faire autrement.

Moralement, il n'était pas responsable de ses actes passés. Mais la loi de Drufon ne connaissait que les faits.

— Je suis de nouveau mon maître, se rassura Onot, personne n'est plus en mesure de m'imposer sa volonté. Je doterai les Droufs d'une arme irrésistible qui leur soumettra l'Univers. Le *temps* n'a plus de secrets pour moi. J'ai les moyens de le dérouter et le ferai pour annuler le passé. Je découvrirai le propriétaire de ma « voix » avant qu'il ne quitte mon corps, et le tuerai. Il venait de Terra, et nous trouverons cette planète...

Haletant, mais triomphant, Onot s'appuya contre le mur de sa cellule. Malgré son intense effort intellectuel, les maux de tête ne se produisirent pas. Il respira profondément...

— Tu te trompes, Onot, intervint la mystérieuse voix, je suis encore là. Mais bientôt, tu seras seul. Et peut-être le moment viendra-t-il où tu regretteras mon absence.

Effrayé, Onot avait écouté. Puis la voix se tut.

Durant un temps indéterminable — des secondes ou des millénaires, comment le savoir ? — l'esprit corporel d'Ernest Ellert avait été le jouet des tourbillons de l'Eternité avant d'échouer sur les rives de l'univers drouf. C'est là qu'il s'était rendu compte que le *temps* était multiforme, qu'il en avait traversé plusieurs dimensions qui, chaque fois, s'étaient refermées après son passage, excluant tout retour. Et puis, il avait découvert Onot, vaincu sa résistance initiale, pris possession de lui et l'avait rendu esclave de sa volonté. Ellert avait conquis un nouveau corps, une nouvelle patrie.

Une fois, cependant, il fut en contact avec son ancien univers. C'était à l'époque où Arkonis avait colonisé la planète Vénus et où Atlantis avait sombré dans l'océan de la Terre. Dix mille ans plus tard — mais pour Ernest Ellert après quelques semaines seulement — s'était produite une seconde et décisive rencontre. Perry Rhodan venait de découvrir le monde des Droufs — et de rencontrer Ernest Ellert !

A partir de là, Onot travaillait au service d'Ellert pour le compte de Rhodan et des Terraniens. Il regimbait et se sentait devenir de plus en plus fort. S'il n'avait pu empêcher la trahison, du moins sentait-il faiblir son maître. Ernest Ellert en était parfaitement conscient. Avec inquiétude, il constatait la diminution de son pouvoir dont le maintien lui coûtait de plus en plus. Il n'envisageait nullement de se substituer définitivement au personnage du savant. Mais l'heure n'était pas encore venue d'intégrer son corps originel qui l'attendait à six mille années-lumière. Cependant, serait-il encore capable de franchir cette énorme distance ?

Avec les yeux d'Onot, il contempla l'entourage désolant du cachot. Malgré tout, il ne devait pas renoncer à obtenir le secret du propulseur linéaire qui, théoriquement, était à sa portée. De ce propulseur qui lançait les vaisseaux spatiaux à une vitesse mille fois supérieure à celle de la lumière, sans nécessiter la dématérialisation préalable. Ce propulseur était le cadeau qu'il destinait à Perry Rhodan.

Ayant laissé Onot en paix depuis quelques jours, il convenait de lui rappeler la présence constante de son maître. Mais auparavant, il fallait s'assurer de l'existence, dans le labo souterrain, des documents relatifs à ce propulseur. Il en connaissait l'essentiel par cœur, mais mieux valait pouvoir les consulter tant que cela était encore possible.

Avec précaution, Ellert se détacha du corps d'Onot sans que ce dernier s'en aperçût. Son esprit vit le savant assis sur son bat-flanc. Les parois de sa cellule se diluèrent et Ellert, quelques secondes plus tard, planait très au-dessus du palais de justice. Il lui suffit de s'imaginer le parvis désertique devant le labo pour s'y trouver à l'instant même. Il y vit quelques véhicules où des Droufs plaçaient des appareils, ainsi que des caisses contenant certainement des pièces à conviction ! Pourvu que les documents concernant le propulseur fussent encore sur place !

Un officier drouf du service de sécurité donnait des ordres d'un ton sec et arrogant. Ellert n'eut aucune peine à s'infiltrer dans son cerveau et à l'occuper. Et les policiers ne crurent pas leurs antennes réceptrices lorsque leur supérieur commanda soudain de remettre en place tous les objets qu'ils avaient déjà déménagés ! Ellert obligea l'officier à se rendre au labo où régnait un désordre indescriptible, augmenté encore par les affaires que les hommes rapportaient de l'extérieur. Il parcourut les locaux, fouilla des montagnes de papier sans savoir pourquoi. Enfin, au bout d'une demi-heure, il trouva un petit feuillet métallique, couvert de minuscules formules griffonnées et à peine lisibles qui étaient d'une valeur inestimable. Tout était intact ! L'officier plia la feuille et l'empocha. Après quoi, il donna ordre de reprendre le déménagement. Ses hommes, en militaires disciplinés, s'exécutaient sans se poser de questions. Quelques heures plus tard, le labo était entièrement vide. L'officier monta dans un aéroglisseur pour informer ses supérieurs de l'accomplissement de sa mission. Puis, à la surprise de son commandant, il demanda l'autorisation de parler au prisonnier.

— Parler à Onot ? Pour quelle raison ?

Ellert répondit par la bouche de l'officier :

— Nous n'avons certainement pas toutes les pièces à conviction. Il serait utile d'interroger le prisonnier.

Le commandant réfléchit avant de répondre.

— Je demanderai au Juge Suprême de vous en donner la permission.

Onot sursauta lorsque la porte de sa cellule s'ouvrit pour livrer passage à un officier de police. Délivré de son oppresseur, il s'était rappelé les événements du passé. Comment pouvait-il soupçonner la présence d'Ellert en la personne de cet officier ?

18

Avant même que le visiteur pût ouvrir la bouche, Onot dit précipitamment :

— Il faut absolument que je puisse parler à mon juge. Ce n'est pas de trahison qu'il s'agit, mais...

— Taisez-vous ! dit l'officier sous l'emprise d'Ellert. Faites ce que je vous ordonne. Je viens de récupérer dans le labo les notes que voici.

Il lui tendit le feuillet métallique.

— Vous devez les cacher sur vous pour empêcher leur perte.

Très étonné, le savant reconnut sa propre écriture. Depuis que le propulseur linéaire était d'un emploi courant chez les Droufs, ces notes avaient perdu tout intérêt... sauf pour des étrangers ! Intrigué, Onot répondit :

— Reprenez ces notes et détruisez-les.

Ellert sentit le danger. Il lui était impossible de dominer deux êtres à la fois. Il lui fallait récupérer l'esprit d'Onot. Mais alors, que ferait l'officier ? Un léger barrage amnésique suffirait-il pour obnubiler son cerveau ? Il fallait courir le risque...

Le savant finit par céder sous l'injonction d'Ellert.

— Bon, je ferai ce que vous voulez ! dit-il d'une voix monotone.

De son côté, l'officier eut l'impression de sortir d'un rêve. Que faisait-il dans la cellule d'Onot le traître ? Sans un mot, il quitta le cachot que le gardien referma derrière lui. Marchant comme un somnambule, il se présenta devant le Juge Suprême qui demanda :

— Quel résultat avez-vous obtenu ?

Le policier était désemparé.

— Aucun, monsieur le Juge, je n'ai rien obtenu.

— C'est ce que j'avais prévu, répliqua le juge en le congédiant d'un geste de la main.

L'officier se retira en essayant vainement de comprendre ce qui lui arrivait. Quant à Ellert, il réussit à s'imposer une fois encore à Onot. S'étant senti libéré, celui-ci était prêt à livrer ses secrets dangereux. En ce cas, les Droufs seraient au courant de l'arme ultime dont Rhodan disposait en la personne d'Ellert, ils apprendraient que Rhodan était l'âme de tous les attentats perpétrés contre Drufon, qu'une base solarienne secrète était installée sur Hadès.

— Il y va de ta vie, dit Ellert à Onot. Tant que je demeure en toi, tu es en sécurité. Comme tu m'as été utile, je pourrais t'aider de mon côté...

— Tu n'en as plus la force ! rétorqua le savant drouf.

— Alors, tu mourras.

— Soit, tue-moi !

— Il existe un autre moyen...

— Lequel ?

— Au moment voulu, je te quitterai définitivement et tu seras libre pour toujours !

— Peut-être, répliqua Onot, mais à quel prix ?

— Sous la peau de ton bras gauche, tu peux sentir une légère éminence. Appuie dessus avec un doigt ; plus fort ! C'est tout.

Onot ne put résister à la curiosité. Il tâta son poignet et trouva le point désigné.

— Qu'est-ce que c'est que cela? demanda-t-il intrigué.

— Ne pose pas de questions, Onot, mais appuie bien fort. Il s'agit d'un minuscule émetteur qui te met en rapport avec des amis chez qui s'allumera au même moment un voyant rouge. Mes pensées — ou les tiennent — transmises par ondes, seront aussitôt reconverties en impulsions électromagnétiques qu'un appareil particulier transformera en langage clair pour moi et les miens. Reste passif pour quelques minutes. Je ne puis t'obliger à rien, mais, crois-moi, c'est l'unique chance pour toi de survivre.

*
**

L'alerte arracha le capitaine Roux à un sommeil profond. A peine vêtu, il se précipita dans la salle des télécommunications, sachant seulement qu'il ne s'agissait pas des Droufs, car en ce cas l'alerte eût été donnée à partir de la salle des commandes.

— Qu'y a-t-il, Masters? demanda-t-il au sergent de service.

— Un message d'Ellert sur Drufon, mon capitaine. Le déchiffrage est en cours.

Le capitaine hocha la tête. Les appels d'Ellert étaient aussi rares qu'importants. Dans dix minutes au plus tard, il en connaîtrait la teneur.

— Ici Ernest Ellert en la personne d'Onot. J'appelle Perry Rhodan! récita une voix artificielle, mais caractéristique. Nous sommes en danger d'être découverts. Je n'ai plus la force nécessaire pour vaincre la résistance toujours plus grande de l'esprit d'Onot. Le Drouf est incarcéré pour haute trahison. Comme il connaît l'existence de notre base sur Hadès, il va se mettre à table si je ne parviens pas à l'en empêcher. Je suis incapable de réintégrer mon corps sur Terra, en raison de la distance. Vous avez le choix entre transférer mon corps sur Hadès ou transporter Onot sur Terrania. Il n'existe pas de troisième possibilité. Rhodan saura décider. Mais dans quelques jours, il sera trop tard. Au secours !

CHAPITRE II

L'Empire Solaire avait reconnu Atlan, l'Arkonide immortel et ami de Perry Rhodan, comme nouveau maître d'Arkonis, le Grand Empire stellaire. Atlan avait pris la succession du tout-puissant cerveau-robot, enfin destitué. Atlan de Gnozal et Rhodan travaillaient tous les deux à l'unification des différents peuples habitant la Voie lactée.

Rhodan, qui séjournait encore sur Arkonis III, la capitale du Grand Empire, prépara son retour sur Terra. Le croiseur géant *Drusus* était à sa disposition.

Au fond de lui-même, Perry Rhodan se méfiait des pressentiments, mais depuis quelques jours il ne pouvait se défendre d'un certain malaise. Il s'en était ouvert à Reginald Bull, son lieutenant et confident. Et Bull lui rit au nez, oubliant le pessimisme qu'il avait affiché ces derniers mois.

— La situation s'est heureusement retournée, dit-il, les Droufs ont subi une sévère défaite, ils ont perdu leur base spatiale et d'ici peu de temps ils ne pourront plus sortir de leur univers !

— Tout cela est vrai, admit Rhodan, mais je pense à Ernest Ellert. Il est temps de le ramener sur Terra. L'entonnoir-détendeur se rétricit tous les jours. Une fois qu'il aura disparu, l'action sera bien plus difficile.

— Bon, alors, qu'est-ce qu'on attend ? Allons-y !

— Oui, qu'est-ce qu'on attend ? Atlan a la situation bien en main. Et si de nouveaux désordres sont à prévoir, nous les affronterons en agissant de concert. C'est plutôt mon fils qui me donne du fil à retordre... Et maintenant, je vais me coucher. Demande à Sikerman de me réveiller lorsqu'il aura des nouvelles.

— Tu en attends ?

— Pas précisément, répondit Rhodan évasivement, mais il n'est pas exclu qu'une nouvelle sans importance aux yeux de Sikerman puisse présenter quelque intérêt pour moi ; c'est pourquoi je veux qu'on me tienne au courant.

— D'accord ! dit Bull qui croyait avoir compris.

Le *Drusus* stationnait au bord de l'immense piste d'envol de l'astroport d'Arkonis III. Ce croiseur avait la forme d'une gigantesque boule d'un diamètre de quinze cents mètres. Il était facile de se perdre dans l'extraordinaire dédale de ses innombrables couloirs et galeries. Le Stellarque dut emprunter plusieurs ascenseurs pour gagner sa cabine. La pensée d'Ernest Ellert le préoccupait et l'empêchait de dormir bien que les dernières semaines eussent été riches en événements bénéfiques. La Galaxie, notamment, ne formait plus qu'une seule entité ; les quelques peuplades obstinées à rester en dehors de la coalition n'avaient pas d'importance.

Le vidéophone grésilla ; sur l'écran apparut le visage de l'officier de service.

— Message du maréchal Freyt, Terra, du 5 août 2044, 17 h 48 Terrania : « Alarme Hadès-Ellert. Le capitaine Roux communique : intellect d'Ellert trop faible pour rejoindre corps sur Terra. Sollicite Rhodan secours. Très urgent. Demande instructions. Freyt. »

Après quelques secondes de réflexion, le Stellarque répondit d'une voix claire :

— Premier message à Freyt : « Appel Ellert reçu ; instructions suivront à temps. » Deuxième message à Hadès : « Branchez récepteur-transmutateur dans cinq heures exactement ; viendrai personnellement. Rhodan. » Faites le nécessaire, lieutenant, pour une expédition immédiate des deux messages ; et réveillez le colonel Sikerman. Le *Drusus* appareillera dans une heure !

Sur l'écran du vidéophone, le lieutenant écarquilla les yeux, puis disparut. Quelques minutes plus tard, Reginald Bull entra chez Perry Rhodan.

— Le colonel Sikerman fait dire que le *Drusus* est prêt à partir, chacun est à son poste.

— C'est bien, dit Rhodan, mais, auparavant, j'aimerais conférer avec Atlan.

— Impossible de le contacter, mieux vaudrait lui laisser un message.

Cinq minutes avant l'heure dite, Atlan était au vidéophone :

— Que signifie ce départ subit ? Que s'est-il passé ?

— Une seule réponse, Gnozal, Ellert est en danger. Je me rends à Hadès ; tu m'accompagnes ?

Atlan soupira.

— Où sont les neiges d'antan, comme dit un de vos poètes, lorsque, tous les deux, nous explorions les mondes et les planètes ? A présent, je ne suis pas un homme libre et le devoir me retient. Bonne chance, ami, et reviens vite.

Dans un grondement assourdissant, les propulseurs du *Drusus* s'activèrent, les champs antigravitation supprimèrent le colossal choc d'accélération et la gigantesque boule se lança dans l'espace. Au bout de deux heures d'un voyage fantastique, apparurent à droite et à gauche des bastions automatisés qui, grâce à l'émission du mot de passe, n'entrèrent pas en action et la planète principale s'estompa dans les brumes de l'éternité. Sans embûche, le *Drusus* se dirigeait vers le point de transition déterminé par les navigants.

Très ponctuel, le capitaine Roux avait branché un récepteur-transmutateur. Quelque part à proximité de l'entonnoir-détendeur, le *Drusus* devait être en train de se rematérialiser et Rhodan ne tarderait pas à faire son apparition.

— Vous m'avez fichu la trouille, capitaine ! dit

Perry Rhodan familièrement. Pourquoi êtes-vous passé par l'intermédiaire du maréchal ?

Les deux hommes, tout en causant, se rendirent dans l'appartement du chef de la base.

— Dès réception de l'appel d'Ellert, j'ai contacté d'abord l'*Ohio* qui assure la liaison près du champ détendeur. C'est lui, sans doute, qui s'est adressé au maréchal Freyt. Il est étonnant de constater avec quelle rapidité se transmettent de nos jours les nouvelles dans toute la Voie lactée.

Assis dans un salon confortable, le Stellarque prit connaissance de l'appel d'Ellert soigneusement enregistré.

— Oui, nous ne pouvons guère faire autrement ; il faudra transporter le corps d'Ellert sur Drufon, ce qui n'est pas facile. Heureusement, il nous reste quelques jours avant que ne s'engage le procès d'Onot.

— Je crains que non, commandant, car entre-temps, un deuxième message est arrivé. Il nous apprend que, depuis deux heures, Onot est devant ses juges.

— Et c'est maintenant seulement que vous me dites cela ? répondit Rhodan désagréablement surpris.

Le capitaine resta muet et rougit.

— Que dit exactement ce deuxième message ?

— Je le connais par cœur, commandant. Ellert nous informe qu'Onot a été jugé plus tôt que prévu et que, lui, Ellert, ne se sent plus la force d'imposer à Onot les réponses à donner aux juges. Onot est prêt à avouer tout et Ellert ne sait pas combien de temps il pourra le retenir. Au cas où il serait obligé d'abandonner le corps et l'esprit d'Onot, il ne saurait où aller. Il se sent trop faible pour quitter Drufon par ses propres moyens.

Rhodan hocha méditativement la tête.

— Oui, il faut faire vite, sinon Ellert risque de glisser de nouveau dans le maelström des temps. Au moins savons-nous qu'il nous faudra une certaine somme d'énergie pour opérer son sauvetage, et pour le faire rester dans le présent. Je retourne à bord du *Drusus*. S'il y a un incident, par exemple si Onot parle ou si Ellert lance un nouvel appel, informez-moi immédiatement.

Quelques secondes plus tard, Rhodan s'était rematérialisé à bord du *Drusus* et rendu dans la salle des télécommunications, où il donna ses instructions précises, coutumières comme chaque fois que le sort de la Terre ou de la Galaxie était en jeu.

Le maréchal Freyt avait une certaine ressemblance physique avec Perry Rhodan. Comme le Stellarque, lui aussi avait bénéficié d'une douche cellulaire revivifiante qui avait ralenti son vieillissement.

C'était au début de l'après-midi. Dans le centre d'état-major de Terrania régnait une activité de ruche. Heure par heure arrivaient par hyperondes les messages des navires patrouillant dans l'espace. Maintenant que la position de la Terre dans

28

la Galaxie n'était plus un secret, les communications se faisaient ouvertement. Mais Freyt n'attendait qu'une nouvelle précise dont il soupçonnait la teneur, et Rhodan prolongeait son attente.

De son fauteuil, entouré d'écrans, de cadrans et de tableaux de commande, Freyt avait transmis le message de Hadès à Arkonis où se trouvait encore Rhodan. Prévoyant une situation grave, il avait prévenu le professeur Haggard et le docteur Jamison ; les deux médecins étaient consignés dans leurs demeures respectives, prêts à partir en mission. Les minutes passaient, énervantes. Enfin, le visage de Rhodan apparut sur le vidéophone en ligne directe à travers l'espace intergalactique. D'un coup, Freyt regagna son calme légendaire. A l'abri de l'écoute officielle, les deux amis se tutoyaient.

— Tu m'as attendu, n'est-ce pas ? dit Rhodan.

— En effet, Perry, où es-tu, sur Arkonis ?

— Non, je suis à bord du *Drusus* et à une année-lumière du système des Droufs. Ellert a lancé un deuxième appel au secours. Il ne peut pas quitter sans danger le corps d'Onot qui, accusé de haute trahison, est devant ses juges. Ellert essaye d'empêcher Onot de faire des aveux qui seraient autant de provocations pour les Droufs. Je ne vois qu'une seule solution : transférer le corps d'Ellert du mausolée sur la Terre à Hadès. Le reste se fera tout seul.

— Je m'en doutais, Perry, s'exclama Freyt, aussi ai-je alerté Haggard et Jamison qui sont prêts à intervenir !

Rhodan eut un sourire fugitif.

— Notre ressemblance n'est pas seulement physique, Michael! dit-il. Que les médecins fassent vite en prenant des précautions; le corps d'Ellert doit être fragile. Je voudrais qu'ils l'accompagnent tous les deux et qu'ils ne le quittent pas des yeux. Puis-je compter sur toi?

— C'est moi-même, Perry, qui t'amènerai Ellert, rassure-toi.

— Micha, tu es mon second; qui te remplacera?

— Ce sera une affaire de peu de temps. S'il y a quelque chose d'important en mon absence, Mercant s'en occupera; il en est parfaitement capable.

— Oui, tu as raison!

Rhodan donna encore quelques instructions, puis la communication fut coupée.

Après une seconde de réflexion, Freyt s'activa. Mercant fut mis au courant de la situation, les deux médecins furent accueillis au mausolée d'Ellert, et le croiseur rapide C-13 reçut l'ordre de se tenir prêt au départ avec son escorte d'aéroglisseurs.

Dix minutes plus tard, Freyt avait rejoint les médecins au pied de la pyramide où reposait le corps d'Ellert. Les sentinelles, en faction perpétuelle, présentèrent les armes.

— Le cadavre d'Ellert aurait-il attrapé un rhume? demanda le professeur Haggard, ami intime de Perry, anatomiste réputé et connu pour ses plaisanteries de carabin.

— Sait-on jamais? répliqua Freyt en serrant la

30

main du professeur puis celle du Dr Jamison, aimable, mais peu loquace. Rhodan nous demande de transporter le corps d'Ellert — cadavre n'est pas le mot qui convient, n'est-ce pas ? — à la base sur Hadès.

— Pour quoi faire ?

— Parce qu'Ellert est trop faible pour regagner la Terre. Je connais le chemin, veuillez me suivre.

Freyt passa entre les deux sentinelles et, du plat de la main, tâta légèrement la paroi lisse de la pyramide. Un léger bruit se fit entendre. Le sol désertique s'écarta et fit apparaître des marches menant aux profondeurs. Le maréchal, suivi des deux médecins, s'y engagea, puis se trouva devant une seconde porte. Elle livrait accès à la salle où reposait depuis plus de soixante-dix ans le corps toujours vivant du télétemporeur, attendant le retour de son intellect.

Freyt contempla les nombreux appareillages surveillant le corps immobile et destinés à donner l'alarme à la moindre complication. Un miroir placé devant la bouche inerte restait immaculé. L'air dans la pièce cubique était, bien que constamment renouvelé, étouffant. Les trois hommes constatèrent que la face d'Ellert était altérée. Les joues étaient creuses, les yeux caves, la peau avait des reflets bleuâtres.

— C'est le début de la décomposition, murmura le professeur Haggard, soucieux.

Le maréchal frémit. Serait-il possible qu'Ellert, désirant, après tant d'années, réintégrer son corps, en fût incapable ? Certes, à la rigueur,

Ellert pourrait s'accommoder d'un autre corps, mais...

— Messieurs, faites vite! commanda-t-il, tout en se tournant vers le mur où il fallait, selon les instructions de Rhodan, déconnecter les divers appareils. Jamison, aidez Haggard à transporter Ellert à la surface. Pourvu qu'il ne s'agisse pas de son cadavre...

Freyt était à deux doigts du désespoir.

CHAPITRE III

Debout, gardé par deux sbires aux mines patibulaires, face à une table derrière laquelle siégeaient douze juges, Onot devait répondre aux accusations dont il était l'objet. Le Juge Suprême, à la fois accusateur et avocat, trônait sur une sorte d'estrade.

— Onot, te reconnais-tu coupable ? demanda-t-il d'une voix tranchante, cependant inaudible pour des oreilles humaines.

On entendit des chuchotements dans le public où se trouvaient de nombreuses personnalités de la politique et de la science.

— Non, je ne suis pas coupable aux termes de l'accusation, avait répondu Onot d'une voix ferme, de sa propre volonté.

Mais Ellert restait vigilant puisque Onot avait acquis la connaissance de certains secrets qu'il ne devait livrer à aucun prix.

Le Juge Suprême hocha la tête comme s'il n'avait pas attendu une autre réponse.

— Appelez Brodak à la barre des témoins, dit-il.

Onot se rappelait ce nom comme celui d'un aide-mathématicien qui avait travaillé non loin de son labo personnel auquel il avait seul accès. Un personnage insignifiant, ce Brodak, mais décidé, sembla-t-il, à accabler son ancien patron.

— Le jour de la destruction du centre mathématique, j'ai vu sortir Onot du train souterrain. Un heure plus tôt, les robots ennemis avaient commis leur forfait. Onot seul avait trouvé le temps pour s'enfuir, il était donc au courant de ce qui allait se passer. De plus, nous savons aujourd'hui que l'intrusion de l'ennemi a eu lieu par le truchement du transmutateur de matière organique qui avait été branché juste au moment propice par Onot en personne.

Cette déclaration suscita des remous dans l'assistance. Ellert concentra toutes ses forces sur le savant accusé qui répondit aussitôt :

— Messieurs les juges, je suis victime d'une calomnie délibérée.

— Pouvez-vous fournir la preuve qu'il s'agit d'une calomnie ? demanda le Juge Suprême.

— Ce n'est pas à moi de fournir des preuves, répliqua le savant, c'est à Brodak de prouver ce qu'il avance.

Cette réponse pertinente soulagea Ellert dont l'attention se relâcha un bref instant, malgré la résistance d'Onot, toujours en lutte contre son occupant invisible.

Et le savant ajouta :

— Il est exact, messieurs les juges, que c'est moi qui ai branché le transmutateur, mais permettez-moi d'expliquer...

Le Juge Suprême était décontenancé par ce revirement inattendu, mais Ellert réussit à s'emparer de nouveau de sa proie, si bien qu'Onot déclara :

— Je reviens sur ce que je viens de dire. Je ne sais pas ce qui m'a fait proférer un mensonge.

Ellert concentra toute sa volonté sur l'esprit de plus en plus rétif du savant qui s'exclama désespérément :

— Ce n'est pas ma personne, mais ma voix seule qui trahit, c'est elle qui trompe ma volonté.

Le juge plissa le front et demanda :

— La voix, quelle voix ?

Ellert eut de nouveau le dessus et imposa à Onot la réponse.

— La voix est celle des mesquins, des ennemis jaloux de mes succès et de la valeur des nombreuses inventions consacrées au service de mon peuple.

— Vos mérites sont des circonstances atténuantes incontestables, déclara le Juge Suprême non sans bienveillance. C'est même pour cela que je vous exhorte à un aveu franc et complet.

Ellert sentit ses limites. Il ne pouvait dominer l'esprit d'Onot que par à-coups ; il fallait convertir en arme ce qui, en réalité, était faiblesse. Les affirmations contradictoires d'Onot ne pouvaient que dérouter les juges et le public. Ellert relâcha donc Onot qui saisit aussitôt l'occasion.

— J'agis sous l'impulsion d'un esprit dominateur qui oriente mes pensées malgré moi, qui dirige mon corps et tend mes muscles contre ma volonté. C'est lui qui a pris possession de moi et m'impose des actions comme celle de brancher les transmutateurs. Cet esprit vient d'un autre univers, d'une planète lointaine. Mais à présent, il a perdu sa puissance et...

Onot se tut subitement, l'air égaré.

En effet, Ellert n'avait pas perdu le contrôle de la situation. C'est sur son injonction que le malheureux savant reprit son récit :

— Mes amis, continua-t-il, ne m'écoutez pas. Je ne sais pas ce que je dis. Tout ce que je sais, c'est que je ne suis pas traître à ma patrie !

— L'accusé est ou un simulateur ou un malade mental, déclara le Juge Suprême. Nous demandons une expertise psychiatrique. En attendant, la séance est levée.

Onot se débattit furieusement pendant que les deux gardiens l'emmenaient. Mais Ellert sut que l'épreuve à laquelle il devrait faire face dépassait ses forces, à moins d'un miracle...

Parmi les mutants et auxiliaires de Perry Rhodan figurait en bonne place Harno, une créature en forme de boule, d'un blanc laiteux, flottant dans l'air. Il possédait le don précieux de télescopie qu'il était capable de communiquer à autrui. C'était lui qui permit à Perry Rhodan, Bull et

Sikerman, le capitaine du *Drusus,* de suivre visuellement les événements qui se déroulaient à Drufon et d'entendre ce qui s'y disait.

— Il est clair qu'Ellert mène une lutte désespérée contre la volonté de plus en plus affirmée d'Onot. Il s'affaiblit graduellement. Mais comment y porter remède puisque nous en ignorons la cause ? Qu'en penses-tu, Harno ? demanda Rhodan.

Harno se tenait immobile en l'air. Il avait compris la question du Stellarque et répondit télépathiquement :

— Ernest Ellert est un esprit sans corps, c'est-à-dire insensible aux contraintes du temps et de l'espace. Il est comparable à un homme qui s'agrippe désespérément à un récif pour n'être pas emporté par les vagues. S'il faiblit, les flots l'emmèneront vers le large, vers l'incertain. Or, ce récif a un nom : Onot.

« Ernest Ellert devrait réintégrer son propre corps et être capable de fournir l'effort nécessaire à cet effet. Sinon, il restera dans Onot dont il deviendra le subconscient étouffé, un triste sort ! »

— Le subconscient est le lot de la plupart des intelligences, remarqua Reginald Bull, veux-tu dire que...

— Je veux dire, continua Harno, que chaque créature intelligente et organique est dotée d'un esprit à deux facettes. A la surface, il y a l'intellect, la raison, mais intérieurement agit ce contradicteur que nous appelons le subconscient.

Perry Rhodan préféra interrompre une discus-

sion qui risquait de dégénérer en dispute philoso-
phique. Ayant assisté à la suspension de l'au-
dience et vu Onot emmené par ses gardiens, Perry
dit :

— Nous devrions profiter du délai que nous
offre cette interruption. Freyt ne tardera pas à
arriver.

L'aspect de Harno se modifia. Sur son corps
sphériforme apparurent des dessins multicolores
qui finirent par former une image nette, celle de la
nuit pareille à du velours noir couvert de dia-
mants. Une bille brillait tout près d'une boule
scintillante, quinze fois plus grande qu'elle.

— C'est le *Drusus* accompagné de l'*Ohio*,
expliqua Rhodan.

Soudain, un point étincelant se détacha de la
bille et fonça à une vitesse inouïe dans le vide.

— Voilà Freyt qui arrive ! constata Rhodan
avec satisfaction.

Et, s'adressant à Harno :

— Toi, tu surveilleras sans relâche Onot, dit-il,
et me feras signe dès que le Drouf sera mis en
présence des psychiatres.

Freyt ne s'arrêta pas à des préambules. Accompagné de Haggard et de Jamison, il suivait un
brancard sur lequel un corps allongé était recouvert d'un linge blanc. Rhodan les accueillit.

— Vous avez fait vite, Freyt, dit-il, comment va
Ellert ?

38

— Je n'en sais rien, commandant, répondit le maréchal. Haggard et Jamison se font du souci. La peau a viré au bleu.

Eric Manoli, le médecin personnel du Stellarque et son ami, avait rejoint le groupe et entendu la dernière phrase.

— L'âme reste reliée à son corps même lorsqu'elle en est séparée ! déclara-t-il. Ellert en est la preuve.

— Comment cela ?

— La réponse est simple, Haggard. Jusqu'ici, Ellert a consacré une parcelle de son intellect à maintenir son corps. A présent que son pouvoir faiblit, son corps en ressent le contrecoup et dépérit.

C'était à peu près ce qu'avait voulu dire Harno.

— Pourquoi faiblit-il ? demanda Rhodan.

— Il faiblit en proportion inverse de la résistance d'Onot, expliqua le médecin et psychologue.

Rhodan se rapprocha de la civière et souleva le linceul. Ne voyant qu'un cadavre, il recula d'un pas, puis se ressaisit.

— Bull, vous prenez le commandement du *Drusus,* dit-il. Vous, Manoli, ainsi que Ras Tschubaï et L'Emir, vous m'accompagnez à Hadès où nous amènerons le corps d'Ellert.

— Est-ce si urgent que cela ? demanda Freyt.

— Hélas, oui, répliqua Rhodan. Mais je vous remercie d'avoir agi si vite. Si nous réussissons, ce sera grâce à votre célérité. Rentrez à Terrania, Freyt, c'est là-bas que nous nous reverrons dans peu de temps, je l'espère.

Les adieux furent brefs. En dix minutes, Rhodan fut rejoint par Ras Tschubaï, le téléporteur africain et L'Emir, le mulot polyvalent. Dans la cage de dématérialisation, rien ne parut changé. En revanche, à l'extérieur, Bull s'effaça comme par enchantement et, la transmutation terminée, le capitaine Roux, qui les attendait sur Hadès, fut heureux de les accueillir si peu de temps après son appel.

— Nous venons de recevoir un nouvel S.O.S. d'Ellert, commandant, raconta-t-il. Il nous est malheureusement impossible de l'informer de votre arrivée car son micro-émetteur est trop faible pour servir de récepteur.

— Qu'à cela ne tienne, rétorqua Perry, nous rentrerons en contact direct avec lui. Faites préparer une de vos Gazelles, capitaine, de préférence un des avisos rapides avec, à son bord, le pilote seul. L'affaire n'est pas sans danger ; je désire diminuer le risque de pertes humaines.

— Alors, je vous proposerais le lieutenant Werner Mundi, commandant.

— Ah, le Hongrois ?

— Il est plutôt autrichien. C'est un pilote expérimenté sur lequel on peut compter.

— D'accord, prévenez-le que nous allons partir dans une demi-heure, le temps d'embarquer le corps d'Ellert ainsi que certains accessoires.

L'aviso rapide se présenta sous forme d'un disque d'une trentaine de mètres de diamètre et capable de bonds pouvant atteindre cinq années-lumière. Le lieutenant, un jeune homme au teint rose et au visage un peu poupin, très aimable, était déjà installé au poste de pilotage et attendait l'ordre de départ. Son accent indiquait nettement son pays d'origine.

Ras Tschubaï et L'Emir s'installèrent également dans le poste central. Ils étaient taciturnes. Leur mission ne les enthousiasmait pas, elle comportait trop de risques, et ils doutèrent de réussir à s'enfuir une autre fois de Drufon.

Le dernier à embarquer était Perry Rhodan qui avait surveillé les préparatifs de l'expédition, fait installer une caisse remplie d'armes, de bombes à retardement, et autre matériel de commando, et fait fixer solidement le chariot sur lequel reposait le corps d'Ellert.

— Lieutenant, vous vous déplacerez seulement à la vitesse de la lumière et effectuerez la transition au moment que je vous indiquerai.

Mundi sourit avec amabilité, donna les ordres nécessaires au personnel et, quelques secondes plus tard, le disque s'éleva lentement, mû par l'antigravitation, passa des écluses qui s'ouvraient automatiquement, et, une fois dans l'espace libre, fonça vers les étoiles.

Les juges de Drufon n'étaient pas pressés. Onot, dans sa cellule, méditait dans l'attente de l'examen psychiatrique qui, peut-être, lui rendrait son libre arbitre. Mais n'aurait-il pas mieux fait d'écouter la voix de son tourmenteur ? Dans ce cas, le juge ne l'aurait pas considéré comme malade mental, mais il aurait ordonné le passage au détecteur de mensonges qui aurait établi la véracité de ses dires.

De toute façon, il était trop tard pour revenir sur ce qu'il avait déclaré devant le tribunal.

Ellert, qui n'avait pas cessé de suivre les pensées d'Onot, avait goûté un peu de répit et sentait ses forces revenir ; il reprit l'espoir de quitter le corps du Drouf sans trop de séquelles désagréables. Onot s'était résigné à son sort, mais restait exposé à un choc psychique qui risquait d'être fatal à Ellert, lequel, estimant maintenant ses forces suffisantes, envisagea d'abandonner le corps du savant et de se tenir coi en attendant l'intervention de Rhodan. Il s'en ouvrit à Onot qui, à sa surprise, n'en fut point réjoui.

— Tu m'as mis dans le pétrin, dit le savant, aide-moi à en sortir.

— Si tu m'avais écouté, tu n'en serais pas là, répliqua Ellert.

— Peut-être, admit Onot, mais si la possibilité m'était encore offerte, je suivrais tes conseils.

Cet aveu inattendu suggéra à Ellert une idée de salut !

Lorsque la Gazelle vit dans le lointain les premières patrouilles des Droufs, elle se réfugia dans l'hyperespace. Dématérialisée, elle n'y passa qu'une fraction de seconde avant de regagner l'espace normal, au niveau temporel des Droufs.

Gigantesque, la seizième planète apparut devant eux, entourée de ses vingt et une lunes et surveillée par des unités militaires.

Rhodan donna ses instructions :

— Laissez en action nos amortisseurs d'ondes terraniennes, renforcez le blindage électronique, dirigez-vous vers le côté non éclairé de Drufon. Là, nous attendrons.

— En ne nous voyant pas, les Droufs en auront plein les yeux ! souriait le lieutenant avec une logique quelque peu déformée. Et s'ils nous attaquent, nous nous défendrons ?

— Et comment ! répondit Rhodan.

L'Emir, le mulot télépathe, blotti sur le lit étroit de sa cabine, était entièrement concentré sur les innombrables impulsions qui lui parvenaient de Drufon. Vainement, il essayait de les démêler et de distinguer les pensées d'Onot. Mentalement, il reprocha à Rhodan d'avoir laissé à Terrania Harno, le téléviseur, qui aurait pu le guider vers le savant.

— Harno est indispensable à Bull, répondit Rhodan de la même façon, avec douceur et patience. Il permet aux hommes du *Drusus* de nous suivre. Du reste, cherche donc Ellert plutôt qu'Onot !

— C'est encore plus difficile, pépia le mulot, ce fantôme n'émet plus aucune pensée.

Ras Tschubaï n'était que téléporteur et ne comprenait rien à la télépathie.

— Tu connais bien la prison centrale sur Drufon, dit-il à son petit ami, c'est là qu'il te faudrait essayer.

Fatigué, L'Emir ouvrit ses grands yeux.

— Onot n'est plus en prison.

Et il se concentra pour déceler le nouveau séjour d'Onot et d'Ellert.

Dans le poste de commande, Mundi s'adressa au Stellarque :

— Si vous désirez atterrir, commandant, il faudra prendre une décision. La zone de nuit est presque traversée...

— Et si nous restions sur place ?

— C'est possible, mais seulement à très grande altitude au-dessus de la planète. Il semble que nous ne soyons pas encore détectés. En ce cas, nous aurons quelques chances d'atterrir clandestinement ; le nouveau bouclier anti-détection paraît efficace.

— Bon, alors, tentez l'atterrissage. Heureusement, il y a des montagnes et des hauts-plateaux qui ne sont pas peuplés ; nous y trouverons facilement un repaire. Branchez les écrans à infrarouge pour mieux nous orienter dans l'obscurité.

Avec une légère secousse, la Gazelle se posa sur le sol d'une vallée profondément encaissée, à quelques milliers de kilomètres d'une petite ville.

— La ville est encore plongée dans la nuit, à quinze mille kilomètres à l'ouest. Mais ici, le jour se lèvera bientôt, dit le lieutenant qui étudiait une

44

carte dressée d'après les indications d'Ellert, mais forcément peu précise.

Pendant que le mulot et Ras Tschubaï exploraient les environs et cherchaient un abri pour que l'engin ne puisse être détecté par un éventuel planeur volant à basse altitude, le lieutenant Mundi, après une brève collation, piquait un petit somme, toujours à son poste de pilotage qu'il n'avait pas encore quitté depuis le départ. De son côté, Rhodan s'était rendu dans la petite infirmerie du navire où reposait le corps d'Ellert, veillé par Eric Manoli. La teinte bleue du corps s'était accentuée et devenait alarmante.

— Pendant combien de temps espères-tu pouvoir maintenir Ellert en état d'être réanimé ? demanda Rhodan.

— C'est difficile à dire, répondit le médecin ; trois jours, je pense, pas plus. Demain, après-demain au maximum, Ellert devra avoir intégré son corps, sinon il sera trop tard.

Les deux hommes se tutoyaient. Ils se connaissaient depuis soixante-dix ans, lorsque le major de l'U.S.A. *Space Force* avait aluni à bord de la première fusée spatiale des Etats-Unis. Manoli, lui aussi, avait bénéficié d'une revitalisation cellulaire.

— Sur Drufon, un jour compte quarante-huit de nos heures, observa Rhodan. C'est dire qu'Ellert devrait revenir demain matin. Et nous ne pouvons guère agir tant qu'il fait nuit.

— C'est vrai. Si, au moins, nous étions en contact télépathique avec L'Emir, répliqua le

45

médecin. Je ne m'explique pas son silence ; serait-il le signe d'un échec ?

Rhodan prit la défense de son ami, le mulot :

— L'Emir est très fort. S'il échoue, cela ne peut être que le fait d'Ellert dont les impulsions sont devenues trop faibles. Espérons qu'un hasard nous viendra en aide. Ce qui m'inquiète, c'est qu'Onot ne soit plus en prison et que L'Emir doive le chercher parmi des millions d'influx venant de toutes parts.

— Il devrait se rendre dans la cellule d'Onot, suggéra le médecin, là, il pourrait recueillir des renseignements.

— Pas pour l'instant, rétorqua Rhodan, il faut éviter de donner des soupçons aux Droufs. S'ils connaissent nos rapports avec le savant, ils en concluront que nous sommes en possession de ses inventions, et une nouvelle invasion de la Terre en sera la conséquence fatale. Non, aux yeux des Droufs, Onot doit rester traître ou débile mental, mais, de toute façon, autonome et non possédé par l'esprit d'un Terranien !

— Je comprends, murmura le médecin, mais je ne vois pas comment nous pourrions parvenir à trouver Ellert sans créer des remous.

— Avant la fin de la nuit, je me ferai téléporter par L'Emir dans la capitale où j'espère pouvoir me renseigner. En voyant le mulot, les Droufs ne se douteront pas qu'il s'agit d'un Terranien. Quant à moi, je devrai évidemment prendre des précautions.

Manoli sourit.

— En effet, le mulot ne ressemble pas à un homme. Mais la légende s'est emparée de sa personne et son apparition leur semblera suspecte.

— C'est exact, admit Rhodan qui se sentait dans une voie sans issue. Et demain à midi, il nous faudra avoir vidé les lieux !

CHAPITRE IV

La pensée d'Ernest Ellert était accaparée par les notes d'Onot concernant le super-propulseur linéaire, capable de vitesses supérieures à celle de la lumière. Il avait ses forces suffisamment revigorées pour pouvoir abandonner le corps du Drouf sans trop de risques. Mais il ignorait quelles devaient être les envergures de ses bonds et s'il allait lui rester assez d'énergie pour s'incarner dans un autre corps. Il n'osa point imaginer la suite. Lui faudrait-il reprendre son errance dans l'Eternité ? Il reprit son dialogue avec Onot :

— Si tu veux me suivre, nous essayerons en commun de défier le Juge Suprême. Je te sauverai de l'examen psychiatrique et ferai en sorte qu'en fin de compte on ne pourra que te relaxer. À cet effet, je te doterai d'une mémoire nouvelle qui conservera intacte tous tes souvenirs à l'exception de celui qui s'attache à ma présence, à jamais effacée de ton esprit. Ainsi, tu pourras déposer en toute sincérité devant le tribunal et aucun détecteur de mensonges ne sera susceptible de prouver le contraire ; tu seras lavé du soupçon de haute trahison.

La perspective de recevoir une mémoire neuve n'avait rien de séduisant pour le savant drouf. Mais que pouvait-il faire d'autre ?

— D'ici une heure, il fera nuit, continua Ellert, et nous prendrons la fuite pour rejoindre ton ancien laboratoire dans la montagne. Là, nous pourrons nous rééquiper et peut-être y apprendrai-je aussi où se tiennent mes amis. Dès que je les aurai trouvés, tu seras définitivement libre et, avec tes souvenirs épurés, tu affronteras tes juges sans aucun risque !

Onot n'était pas enchanté par ses propos.

— Pourquoi veux-tu que je m'évade si après coup je dois de nouveau me constituer prisonnier ?

— Parce que cet acte prouvera ta bonne conscience et permettra au tribunal de te réhabiliter.

— Comment ferons-nous pour quitter la prison ?

— C'est mon affaire. En attendant, allonge-toi sur ton lit et essaie de dormir.

A peine le Drouf avait-il fermé les yeux qu'Ellert entreprit une première tentative. Au-dessus du corps d'Onot, il planait dans l'apesanteur. Sans peine, il passa à travers le plafond et se trouva dans une autre cellule où dormait un drouf enchaîné. Ne voulant pas se servir de lui, Ellert, jouant le passe-muraille, se trouva dans un couloir. Il lui eût été facile de « disparaître » tout simplement. Mais alors Onot resterait incarcéré et avec lui les précieux documents qu'il ne voulait sacrifier qu'en cas extrême. Un instant, Ellert envisagea de se rendre auprès du Juge Suprême afin de le soumettre à sa volonté, mais c'était vraiment courir un risque exagéré. Non, le savant devait s'être évadé par ses propres moyens, en apparence, du moins.

Ellert s'enfonça dans le sol et atteignit le couloir menant à la prison d'Onot. Il constata avec satisfaction qu'il disposait de tous ses moyens, mais n'osa tout de même pas envisager des bonds interplanétaires.

Dans une certaine mesure, le régime horaire de l'univers drouf s'était aligné sur celui de Sol, un parallélisme passager qui, au bout de quelques mois, ferait que l'écoulement du temps sur Drufon serait soixante-douze mille fois plus lent que dans l'univers einsteinien. A présent, ces divergences étaient bien moindres, deux heures en système drouf valant une heure dans celui d'Einstein.

Comme les Droufs étaient grands, gros et lourds, cette différence ne se faisait guère sentir, surtout pour Ellert qui en avait pris l'habitude. Brusquement, il ressentit les pensées d'un Drouf venant dans le couloir. S'il avait disposé d'une enveloppe humaine, il se serait dissimulé, précaution inutile dans son état acorporel. Personne ne pouvait s'apercevoir de sa présence impalpable. Le Drouf en question était le geôlier apportant la nourriture aux détenus.

« Une bonne occasion pour faire une double expérience », se dit Ellert.

— Voilà votre dîner, Onot, dit le gardien, en passant un bol fumant à travers le guichet pratiqué dans la porte de la cellule. Tout va bien pour la nuit ?

— Merci, tout va bien, répondit Onot qui prit le bol et eut soin de ne pas trahir la présence d'Ellert.

Ce dernier suivit — manière de parler — le gardien qui retourna dans la salle de garde où deux autres Droufs se préparaient à passer la nuit. Au fond de la pièce, une grille fermait un couloir qui menait à un parloir où chaque visiteur était soumis à des radio-palpeurs avant d'être autorisé à voir le prisonnier. Un contrôleur électronique enregistrait automatiquement chaque entrée ainsi que chaque sortie d'un détenu.

Pendant la nuit, le service était assuré par les trois gardiens dans le poste, et par un quatrième, préposé au portail central actionné électroniquement.

Ellert revint chez Onot qui était en train de vider avec une grimace de dégoût l'indéfinissable brouet dans son bol. Il fallait être tenaillé par la faim pour accepter une nourriture aussi infecte.

— Il faut conserver tes forces, Onot, dit Ellert, car cette nuit nous prendrons le large. Lorsque toute la ville dormira, je reviendrai avec un gardien. Dès qu'il ouvrira la porte, tu devras l'assommer ; le reste sera facile. Demain, il sera trop tard.

(Ellert ne savait pas combien cette dernière remarque reposait sur une réalité !)

— Auras-tu le courage, Onot, d'attaquer ton gardien ?

— Toute violence me répugne, répondit le savant, mais l'heure commandera, et je crois pouvoir réussir... mais avec quelle arme ?

— Avec une patte de ta chaise, pour que ta fuite puisse paraître spontanée, expliqua Ellert, car toute autre arme ferait penser à des complices.

Le savant éprouva quelque peine pour détacher une patte de sa chaise, mais il y parvint. C'était une bonne matraque. Il la glissa sous sa couverture en se remettant dans son lit où, redevenu optimiste, il s'endormit rapidement en attendant l'heure décisive. Ellert aussi prit quelque repos, non en dormant, bien sûr, mais en suspendant toute activité intellectuelle. C'est pourquoi le mulot télépathe fut incapable de déceler la moindre trace de son ami !

La nuit était profonde. Ellert consulta la montre d'Onot : minuit. Il fallait agir.

Il réveilla Onot qui avait dormi à poings fermés, puis, s'étant détaché de lui, se glissa dans le couloir, parvint dans la salle de garde. Un des trois Droufs dormait, les deux autres jouaient aux cartes. Ellert n'avait aucune difficulté pour s'emparer de l'intellect de l'un des deux joueurs ; il le déconnecta et le barra avec un bloc amnésique. A partir de cet instant, le gardien n'agissait plus de sa propre initiative et, plus tard, ne pourrait se souvenir de rien, ni expliquer ce qui lui était arrivé. Ellert regarda son partenaire à travers les yeux du gardien maîtrisé.

— C'est à toi de jouer ! remarqua son collègue.

C'était facile à dire. Ellert ne connaissait rien à ce jeu de cartes et se trouva passablement embarrassé. Puis il se ravisa et, levant le bras, consulta la montre-bracelet, celle du gardien, bien entendu.

— Il est l'heure de faire ma ronde, dit-il, nous continuerons tout à l'heure.

— Tu n'es pas toujours aussi ponctuel, remarqua le Drouf.

— Aujourd'hui, je le suis, rétorqua sèchement Ellert, à tout à l'heure.

Il sentit nettement la surprise de l'autre, mais ne s'en soucia pas, ce dernier se garderait bien de faire état de son laisser-aller. Donc Ellert, c'est-à-dire le gardien drouf, prit tranquillement le chemin de ronde, parvint à la cellule d'Onot, passa sa clé électronique dans la fente de contrôle et ouvrit la porte de la cellule. Onot se tenait debout, la patte de sa chaise dans les deux mains.

— Vas-y ! lui suggéra Ellert.

Onot, ahuri de l'entendre, se ressaisit rapidement et, se précipitant sur son geôlier, lui assena un coup sur la nuque. Ellert eut juste le temps d'abandonner le corps du Drouf qui s'écroula sur le sol, et de se glisser dans celui d'Onot.

— Bien fait, mon ami, lui dit-il, celui-là a son compte. Il ne se réveillera pas avant demain matin. Viens, maintenant !

Onot n'était pas très rassuré en mettant le pied dans le couloir, mais Ellert le précéda et, dans la salle de garde, s'occupa du gardien restant qui, sous son injonction, gagna une couchette et se mit

54

aussitôt à ronfler. Lorsque Onot arriva à son tour dans la salle de garde, il ne vit que deux gardiens en train de dormir.

— Jusqu'ici, tout marche bien, Onot. Maintenant, appuie sur le bouton à côté du vidéophone. Il commande l'ouverture du portail d'entrée. Mais, auparavant, munis-toi d'une de ces armes irradiantes, on ne sait pas ce qui peut arriver...

Le savant, bien au courant du maniement des armes dans le poste de garde, choisit un laser à moyenne portée et glissa l'arme dans sa ceinture.

— Et maintenant, reprit Ellert, il faut passer par la salle de contrôle avant de gagner le portail principal.

Ellert ne put évidemment rien contre le cerveau électronique qui enregistrait les entrées et les sorties des détenus, mais, en tout état de cause, le cerveau fournirait la preuve que le prisonnier Onot avait été seul dans la salle. Le Drouf qui veillait dans la pièce, paralysé par Ellert, fut rapidement assommé par un coup de laser d'Onot. Il ne se réveillerait pas avant cinq heures au moins. Peu à peu, Onot prit goût aux péripéties rocambolesques de son évasion, possible grâce à Ellert, mais que tout seul il n'aurait jamais osé entreprendre.

— En bordure de l'astroport stationnent quelques glisseurs, dit celui-ci, nous en choisirons un pour gagner notre labo dans la montagne.

— Mais les aéroglisseurs sont gardés ! remarqua Onot.

— Tu as déjà vu que les gardiens ne sont pas des obstacles. Allons, confiance !

Cependant, Ellert ignorait un équipement très particulier du personnel de garde. En effet, chaque surveillant disposait d'un appareil de prise de vues électronique relié au central du Palais de Justice où un panneau mural réunissait autant de petits écrans qu'il y avait d'appareils vidéos en exercice. Un de ces petits écrans avait montré au technicien de service l'image d'un détenu qui, armé d'une matraque, avait assommé son gardien. Un rapide coup d'œil sur un tableau apprit au fonctionnaire que le détenu en question était Onot. Immédiatement, il avait déclenché l'alarme générale.

— Paysage aride, montagneux, apparemment inhabité, idéal comme abri, manda en style télégraphique Ras Tschubaï à Perry Rhodan.

— Il faudrait examiner la situation à la lumière du jour, répondit le Stellarque, prudent. Si vous pouviez trouver un rocher en surplomb sous lequel glisser la Gazelle...

— Nous l'avons, Perry, pépia le mulot qui avait accompagné Ras Tschubaï, mais la place est restreinte.

Le lieutenant, Mundi, piqué au vif, répliqua :

— Je me glisserais même dans un trou de souris, sans une seule égratignure pour mon disque.

56

— Peut-être, Mundi ; vos qualités exception-
nelles de pilote sont bien connues. Mais nous ne
pouvons pas attendre le jour, il nous faut agir tout
de suite. Qui nous dit que les patrouilles volantes
des Droufs ne sont pas équipées à l'infrarouge
comme nous ? Allez, Ras, guidez-nous !

La manœuvre, très délicate, prit presque une
heure. Maintenant, la Gazelle était placée tout
près de la paroi rocheuse, sous un rocher en
surplomb qui la dérobait à tout observateur
aérien.

Rhodan était ivre de fatigue. Mais pour lui, il
n'était pas question de se reposer.

— Je me rendrai en ville, dit-il, mais sans
walkie-talkie pour éviter tout danger d'être découvert. L'Emir m'accompagnera, Mundi, et vous
tiendra au courant. Si la situation l'exige, n'hésitez
pas à décoller. Il ne faut à aucun prix risquer la
perte de la Gazelle. Dans une telle éventualité, je
prendrais contact avec Hadès. Il est plus important de sauvegarder le corps d'Ellert que de
respecter l'horaire de notre retour.

— A vos ordres, commandant ! répondit Mundi
sans exprimer ses doutes quant à la dernière
affirmation du pacha.

Manoli venait d'entrer dans le poste de
commande.

— Tout est prêt dans l'infirmerie, dit-il ; dès
que l'esprit d'Ellert aura réintégré son corps, le
processus de réanimation sera mis en route.
Cependant, il me semble indispensable de prévoir
une transfusion sanguine ; le bras droit...

— On verra plus tard, interrompit Rhodan, au besoin, Ellert sera doté d'une prothèse comme personne d'autre n'en a jamais possédé. A présent, chaque seconde compte, il faut partir !

Il se confia au mulot, le téléporteur polyvalent qui lui était dévoué corps et âme. Tous les deux se rematérialisèrent à une vingtaine de kilomètres de la ville plongée dans le sommeil. Le paysage montagneux n'était éclairé que par le scintillement des étoiles.

— Il y a peu d'impulsions, déclara L'Emir, la plupart des Droufs dorment. Mais je ne ressens rien de la part d'Ellert et pense que le seul moyen d'en avoir le cœur net, c'est de voir ce qui se passe dans la cellule d'Onot.

Il valait mieux que cette enquête fût faite par le mulot seul ; c'est pourquoi Rhodan consentit à rester, pendant quelques minutes, caché à l'abri de l'obscurité dans un creux de rocher. L'Emir avait calculé son bond afin de replonger dans l'espace tridimensionnel juste à la bordure de la ville. A partir de là, il pouvait avancer par bonds successifs à vue, bien moins fatigants. Il n'y avait personne dans les rues, l'éclairage aux croisements lui semblait parcimonieux. Il gagna d'abord la coupole du palais des Soixante-six, siège du gouvernement de Drufon. Ensuite, il repéra le palais de justice et la prison centrale, située tout près. Il était en train de réfléchir lorsque, soudain, les rues et les places de la ville furent vivement éclairées. En même temps retentirent les hurlements perçants et modulés d'une sirène d'alarme pendant

58

que toutes sortes de véhicules surgissaient de la nuit et bloquaient les carrefours et toutes les rues menant à la prison. Des Droufs en uniforme accoururent de toutes parts et cernèrent le bâtiment, cependant que les faisceaux lumineux de puissants projecteurs balayaient ses murs et ses façades. L'Emir eut juste le temps de se tapir dans l'ombre pour n'être pas découvert.

Il ne s'interrogea pas sur les raisons de ces remous et se mit à la recherche d'Ellert — ou plutôt d'Onot. Il bondit à l'intérieur de la prison, se trouva dans un couloir sans savoir où il menait. Tout paraissait calme, il n'y eut personne qu'il pût questionner par télépathie. Soudain, ici aussi l'enfer se déchaîna.

Des portes s'ouvrirent, des gardiens en uniforme se précipitèrent dans le couloir. L'Emir comprit que les cellules devaient être ailleurs, plus bas, sans doute. Il s'y transporta aussitôt. Son attention fut attirée par deux gardiens qui gesticulaient devant une cellule, y entrèrent et revinrent quelques secondes plus tard en traînant un troisième Drouf au corps flasque.

— Onot a assommé son gardien, il est à moitié mort, comprit le mulot, et il apprit ainsi qu'Onot s'était enfui. Du coup, il s'expliqua pourquoi il lui avait été impossible de contacter Ellert ! Où celui-ci pouvait-il bien se trouver dans l'immensité de cet univers de géants, et comment le contacter ?

Les deux Droufs se retournèrent, attirés par un bruit. L'Emir se crut découvert, mais c'était des policiers qui accouraient. Il était temps pour

L'Emir de gagner le large ; il se dématérialisa sur-
le-champ — une gaffe de taille ! En effet, s'il
s'était donné la peine d'analyser le flux des
impulsions qu'il recevait, il aurait facilement
trouvé Onot distant de cinq cents mètres seulement. Mais le mulot bondit pour rejoindre Perry
Rhodan.

CHAPITRE V

Onot appuya sur le bouton qu'Ellert lui avait désigné. La grille se mit à ronronner et s'écarta de deux côtés, livrant un passage large de deux mètres, puis s'arrêta. En même temps, les lumières jaillirent dans toute la ville, une sirène d'alarme émit des ululements lugubres, tandis que la grille commençait à se refermer. Ellert comprit que quelque chose d'imprévu avait dû se passer.

— En vitesse, cours, lança-t-il à Onot.

Tout en pensant : « C'est tout de même encombrant, un corps ! »

Onot se précipita et, de justesse, put passer avant que l'interstice entre les vantaux ne se refermât complètement. Il se trouva dans une rue inondée de lumière ; devant lui s'étendait une large avenue brillamment éclairée.

— Non, pas là-bas, tourne à droite en direction de l'astroport ! File, j'entends des voitures à sirènes, la police, sûrement. On a dû découvrir notre évasion ! insinua Ellert, tout en se demandant par quel moyen on avait pu constater leur fuite.

Bien entendu, il aurait pu laisser courir Onot et dérouter l'esprit du policier dirigeant l'opération de recherche, pour le mettre à l'abri. Mais Onot était porteur des précieux documents qu'Ellert ne voulait pas abandonner ; et comment retrouver plus tard la trace du savant, laissé à lui-même ?

Onot se blottit dans l'encoignure d'une entrée d'immeuble parce qu'une voiture de police balayait la rue de son projecteur pivotant. On savait donc que l'évadé avait quitté l'enceinte de la prison.

— Ne bouge pas d'ici ! lui commanda Ellert, tout en se détachant du savant.

Dans la voiture de police, six gros Droufs étaient assis, tenant leurs armes prêtes à tirer. Ellert s'insinua dans le cerveau du conducteur et assuma ainsi la direction du véhicule. Il désirait épargner la vie des Droufs, tout en évitant que le projecteur tournant touchât Onot. Sous les yeux ahuris des cinq Droufs, le conducteur vira brusquement à gauche, le projecteur s'éteignit et puis ce fut le choc ! L'un après l'autre, les Droufs se dégagèrent du véhicule démoli et se mirent à vitupérer leur camarade. Pourtant, celui-ci les avait sauvés en freinant à la dernière seconde, dès qu'Ellert avait libéré son esprit !

Onot ne bougea pas de sa cachette. De leur côté, les policiers restaient conscients de leur devoir. Ayant constaté qu'ils n'avaient subi que des dommages matériels, ils ramassèrent leurs armes et se dirigèrent vers le palais de justice. Personne ne s'occupait d'Onot.

— Avance, maintenant, lui commanda Ellert, je n'aurais jamais cru que l'on puisse faire tant de ramdam pour un seul prisonnier !

— N'oublie pas que ce prisonnier s'appelle Onot ! Peut-être craignent-ils que je leur joue un mauvais tour pour me venger du tort qu'ils m'ont causé.

— Pourvu qu'ils ne pensent pas à ton fige-temps, sinon ils redoubleraient d'angoisse et de zèle...

Deux fois encore, ils durent se soustraire à la vue de patrouilles droufes et finalement ils arrivèrent sans trop de difficultés en bordure de l'astroport. Apparemment, les aéroglisseurs n'étaient pas surveillés, mais Ellert vit un peloton de militaires qui se dirigeaient vers eux. S'enfuir à bord d'un aéroglisseur d'Etat, n'était-ce pas se faire prendre à bref délai ? Ellert pensa à la voiture de police qui s'était écrasée contre un mur, et sourit. Non, Onot ne risquait pas d'être rattrapé de sitôt.

Ellert revint vers le savant qui l'attendait, immobile et comme paralysé à l'idée d'être bientôt livré à lui-même.

— Il faut courir, Onot, et vite. Il faut que tu aies atteint les aéroglisseurs avant les soldats ; je dois te laisser, à présent, mais dans une minute je t'aurai rejoint.

Onot ne répondit pas et se mit à courir à toutes jambes.

Quant à Ellert, il se glissa dans l'esprit d'un huissier de justice en train de contrôler le fonctionnement de la surveillance électronique de la prison. Un Drouf au regard sévère attendait le résultat de l'examen.

— Alors, où en sommes-nous ?

Le fonctionnaire, proie d'Ellert, abaissa un levier, puis dit :

— C'est exact. Onot était seul en traversant cette salle et n'avait donc pas de complices.

— Le gardien qu'il a assommé est toujours sans connaissance, tout comme le préposé au portail ; comment un doux dingue comme Onot a-t-il pu faire cela ?

— Peut-être justement parce qu'il est fou !

Le Drouf en civil se fâcha :

— Ce n'est pas à nous de discuter. Mettez-moi en contact avec le Juge Suprême. C'est lui seul qui peut ordonner des recherches qui ressemblent à un état de guerre.

— Et tout cela pour un technocrate qui a perdu l'esprit ?

Ellert resta jusqu'à ce qu'il pût voir, sur l'écran et avec les yeux de l'huissier, la tête du Juge Suprême qui ordonna de capturer — et vivant — Onot par tous les moyens...

Il décida de revenir à l'astroport. Il planait assez haut pour avoir dans son champ de vision à la fois le savant, distant d'environ cent mètres des aéroglisseurs, courant à perdre haleine, et les soldats, marchant au pas, deux cents mètres plus loin.

Onot était soulagé de sentir à nouveau la présence rassurante d'Ellert ; il haleta :

— Je n'en puis plus !

— Prends le glisseur le plus proche, suggéra Ellert.

Avec un bond de dernière énergie, Onot sauta à bord du plus petit des véhicules, certainement le plus maniable et le plus rapide. Son habitacle ne s'était pas encore refermé que déjà le propulseur ronronnait ; l'instant d'après, le disque s'envola, accéléra vertigineusement et disparut, tel un diamant étincelant, dans la profondeur de la nuit. Quelques coups de feu se perdirent dans l'espace.

L'Emir avait rejoint Rhodan dans sa cachette des montagnes.

— Onot s'est évadé, raconta-t-il, et Ellert y est certainement pour quelque chose. Mais comment le retrouver à présent ?

Rhodan frissonna dans l'air nocturne. A deux reprises déjà, il avait chauffé, au moyen de son laser portatif, une pierre pour se protéger du froid intense, mais ce n'était guère suffisant.

— Si tu étais à la place d'Ellert, que ferais-tu, sachant que des amis t'attendent quelque part ?

— J'essaierais de gagner un endroit qu'ils connaissent aussi bien que moi, répondit le mulot. Et, en l'occurrence, il n'en existe qu'un seul : l'ancien labo secret d'Onot ! Au fond, qu'est-ce qu'on attend pour y aller ?

— Je me pose certaines questions, dit Rhodan. Si Ellert a été assez fort pour pousser Onot à s'enfuir, il avait aussi assez d'énergie pour retourner chez nous ou tout au moins pour nous chercher. Il doit avoir une raison précise pour emmener Onot avec lui.

— Peut-être le simple fait, enchaîna L'Emir, qu'Ellert ne peut rien transporter et qu'Onot est chargé de nous apporter quelque chose ?

Le mulot écouta avec une attention tendue dans le silence de la nuit.

— Une chose est certaine, reprit-il, c'est qu'Ellert n'est pas encore au labo, et si Onot doit y aller à pied, avec ses lourdes jambes de Drouf, il n'y sera pas de sitôt.

— Rendons-nous au moins à proximité du labo, conclut Rhodan. Que faire d'autre ?

Bientôt, la petite vallée qui avait abrité Rhodan et son minuscule compagnon fut de nouveau déserte et silencieuse.

Le vol solitaire d'Onot ne devait pas durer.

— Nous sommes poursuivis, constata le savant après un coup d'œil sur son radar de bord, une escadrille de chasse est à nos trousses ; et ils sont plus rapides que nous.

— Rassure-toi, lui dit Ellert, ils ont l'ordre de te capturer vivant. Ils ne tireront donc pas sur nous.

Cette remarque calma un peu les appréhensions

66

d'Onot qui récupéra son sang-froid. Quatre cents kilomètres avant la falaise du labo, quelques chasseurs dépassèrent le glisseur, se posèrent sur le terre-plein et donnèrent quelques coups de semonce. De son propre chef, Onot ne réagit pas et Ellert n'eut pas à intervenir.

— Connais-tu la construction de ces appareils ? demanda-t-il. Leur tableau de bord comporte-t-il un mécanisme quelconque pour arrêter leurs propulseurs ?

— C'est une vulgaire clé électronique, répondit Onot ; sans elle, on ne peut les mettre en marche.

Ellert examina la situation avec les yeux du savant. Face à eux, évoluaient une dizaine de chasseurs appartenant probablement à la police. A peu près autant les encadraient latéralement, sans doute pour les empêcher de virer de bord. D'autres, enfin, les suivaient à peu de distance. En tout, une trentaine de chasseurs. Sans être facile, la situation n'était cependant pas dramatique.

— Quoi qu'il arrive, maintiens le cap sur le labo, dit Ellert, et surtout, ne t'étonne de rien !

Onot se rappelait sûrement l'aventure du car de police lorsqu'il hocha affirmativement la tête, en répondant :

— D'accord, tu peux compter sur moi.

Ayant quitté Onot, Ellert planait à présent dans l'espace. Il était plein de courage car, s'il ne se sentait plus la force de parcourir l'Eternité, il s'était découvert de nouvelles facultés qu'il aurait l'occasion de mettre à l'épreuve. Il choisit une victime parmi les pilotes volant à côté d'Onot.

Renonçant à la pose toujours fatigante d'un bloc amnésique, il s'introduisit simplement dans l'esprit du Drouf qui était seul à son bord. Il lui intima deux ordres, aussitôt exécutés : le pilote retira la clé de contact et la jeta dans l'ouverture d'aération de l'habitacle d'où elle tomba dans le vide. L'appareil perdant subitement de la vitesse, piqua du nez et le pilote exécuta un atterrissage forcé. Satisfait du succès de cette première expérience, Ellert décida d'obliger un autre pilote à se poser en catastrophe. Les Droufs ne comprendraient jamais ce qu'étaient devenues leurs clés de contact.

Entre-temps, Onot poursuivit son trajet en direction du labo. Sur son écran de radar, il constata avec surprise que les chasseurs de son escorte, l'un après l'autre, viraient de bord et se posaient sur le sol désertique. Il n'était plus accompagné que par l'escadrille des dix chasseurs qui le précédaient. Mais ces derniers aussi imitèrent le comportement énigmatique de leurs compagnons. L'un d'eux passa même en chute libre et ne réussit qu'à la dernière extrémité à maîtriser son appareil et à se poser sain et sauf. Détail curieux, aucun de ces appareils n'était victime d'une explosion ou d'un incendie à bord ! Six minutes avaient suffi à Ellert pour débarrasser Onot de ses poursuivants.

— Si le Juge Suprême avait pu voir cette scène, dit le savant à Ellert qui l'avait rejoint, il aurait cru mes dépositions. Maintenant, il apprendra la vérité de la bouche des pilotes.

— Il n'en sera pas plus avancé, rétorqua Ellert, car aucun des pilotes ne se rappellera d'avoir jeté sa clé de contact dans le vide. Peut-être trouvera-t-on l'une ou l'autre de ces clés dans le désert, mais personne ne pourra s'expliquer leur présence en pareil lieu. J'aurais préféré éviter une action aussi bizarre, mais je n'avais pas le choix, sinon ils t'auraient obligé à te poser et alors... Quelle est la distance qu'il nous reste à parcourir ?

— Environ deux cents kilomètres, soit dix minutes de vol, répondit Onot, à condition que nous ne soyons pas rattrapés par d'autres chasseurs.

Heureusement, ce ne fut pas le cas. Onot se rapprocha du sol et parvint à se poser à quelques pas seulement de l'entrée, grandement ouverte, de son ancien laboratoire. Il respira avec soulagement. C'est là qu'il avait été arrêté, et l'on ne penserait certainement pas qu'il pourrait y revenir à si bref délai.

Ellert aussi se sentit rassuré et commit l'erreur de ne pas explorer les alentours et le labo. Aussi sa surprise fut-elle totale lorsque Onot, à peine débarqué de son appareil, vit braqués sur lui deux douzaines de canons d'armes irradiantes.

CHAPITRE VI

A cette même seconde, le Dr Eric Manoli fit une découverte. Il s'était reposé pendant une demi-heure, puis avait échangé quelques paroles avec Ras Tschubaï. Sur son siège de pilote, le lieutenant Mundi était en train de dormir.

— Pensez-vous que nous pourrons le retrouver ? demanda l'Africain.

Le médecin était surmené et se sentait fatigué.

— Je l'espère, dit-il, sinon il faudrait trouver un autre corps pour Ellert. Sur le plan moral, c'est un problème grave, car il faudrait supprimer un autre intellect pour faire place à Ellert, autant dire commettre un crime.

Le lieutenant continuait de dormir lorsque les deux hommes quittèrent le poste de pilotage pour se rendre à l'infirmerie. Le médecin souleva le drap blanc recouvrant le corps d'Ellert et contempla le visage pâle et immobile d'où la teinte bleue avait disparu. Il lui fallut un long moment pour se rendre compte de ce changement. Puis, il replaça

71

le drap en prenant soin de ne pas recouvrir le visage.

— Ce n'est pas possible ! bredouilla-t-il, la décomposition biologique était en route et maintenant on dirait que le processus est renversé et que le corps revit ; c'est inouï !

D'un geste presque automatique, le médecin se pencha sur la poitrine du gisant et écouta.

— Rien, il ne vit pas. Ellert n'est pas rentré ! Mais, bon sang, si je ne trouve pas d'explication, je deviendrai fou. Que se passe-t-il ?

Ras Tschubaï avait assisté à cette scène en conservant tout son calme.

— Je ne suis pas médecin et m'interdis tout jugement en la matière. Vous dites qu'un processus naturel est bouleversé. Peut-être faudrait-il aussi bouleverser certaines idées théoriques ?

— Comment cela ?

— Voilà : vous expliquez que la teinte bleue du corps indique que la force énergétique d'Ellert a faibli au point de ne plus pouvoir nourrir son corps par des impulsions vitalisantes. Si donc la décomposition naturelle est non seulement arrêtée, mais inversée pour devenir reconstitution, on peut en conclure que l'esprit d'Ellert s'est revigoré et qu'il dispose de nouveau d'un surcroît d'énergie dont il n'a peut-être même pas conscience.

Manoli écoutait avec intérêt et ne se lassait pas d'observer le visage immobile d'Ellert.

— Il se peut que vous ayez raison, dit-il, bien que cela ne résolve pas le problème. Mais, au moins, gagnons-nous du temps. Il faudrait en informer le Pacha. Si d'aventure L'Emir a été à l'écoute, il s'en chargera.

— Il a certainement écouté, à moins qu'il n'ait dormi, répliqua Ras Tschubaï en riant, sinon la curiosité congénitale du mulot a sûrement pris le dessus.

Le docteur hocha affirmativement la tête. Ni lui ni l'Africain ne purent savoir qu'au moment voulu L'Emir n'avait absolument pas été d'humeur à surprendre les pensées d'autrui.

La première réaction d'Onot avait été de lever les bras en l'air. Puis il les abaissa tout en restant calme ; la présence invisible d'Ellert le rassurait.

— En cet endroit, on m'a déjà arrêté une fois, dit-il, ironique, l'Histoire connaît de tels recommencements.

L'officier de police sembla peu goûter le sel de cette remarque. Il rengaina son arme et, s'adressant à ses hommes :

— Arrêtez cet homme, leur dit-il, je vous rappelle l'ordre de le ramener vivant. Je vous rappelle aussi que cet individu est capable d'ensorceler les cerveaux. Si donc vous m'entendez donner un contrordre, ne le suivez pas ! Enfermez l'homme dans le laboratoire et veillez sur lui jusqu'à ce que l'on vienne le chercher !

Onot ne répondit rien et, docilement, emboîta le pas aux soldats et policiers.

Ellert était embarrassé, sa situation était délicate. Il ne pouvait circonvenir qu'un seul individu à la fois. Dès qu'il désirait s'occuper d'un autre, il fallait libérer le premier. Toute action sur un groupe lui était impossible. Intervenir sur l'officier n'avait plus de sens, les Droufs étant prévenus.

— Pas de résistance, Onot ! souffla Ellert. Garde confiance ! Nous nous en sortirons.

Ayant reçu l'influx approbatif d'Onot, Ellert quitta son corps sans difficulté. L'absence d'opposition de la part d'Onot laissa à sa disposition de nouvelles énergies grâce auxquelles il récupérerait rapidement son ancienne liberté d'initiative.

Devant la falaise abritant le labo, Ellert décompta une trentaine de Droufs qui, de toute évidence, avaient attendu depuis un bon moment le retour d'Onot. Ellert ne put s'expliquer par quel moyen ces policiers avaient pu arriver si rapidement sur les lieux, à moins que le Juge Suprême, prévoyant peut-être la présence et l'intervention de quelques amis fidèles du savant, n'eût disposé une troupe de policiers pour les surprendre ?

Tout dans le labo prouvait une fouille systématique. Armoires et placards étaient vidés, des documents écrits ou dessinés étaient soigneusement ficelés et entreposés dans un coin, probablement pour être examinés par d'autres savants droufs. Certains papiers jonchaient le sol, sans doute parce que jugés sans importance. Plusieurs appareils avaient été démontés pour être déménagés.

Onot fut enfermé dans un cagibi où Ellert le savait en sécurité ; il pouvait donc l'abandonner sans crainte. Il allait se charger de l'officier, ce qui lui permettait d'envisager la situation avec les yeux de sa victime.

L'officier s'était rendu auprès d'un véhicule derrière quelques rochers et utilisait l'émetteur radio de bord pour informer ses supérieurs de la capture du savant. On lui promit l'arrivée prochaine d'un aéroglisseur qui transporterait le criminel dans la capitale. Il fallait tout de même compter une demi-heure au moins.

Ellert fixa le visage de son interlocuteur sur l'écran de l'appareil et l'instant d'après se trouva dans le couloir familier du palais de justice. Deux brefs essais, et il occupait l'intellect du chef de la police.

Les officiers de son état-major étaient tout ahuris en voyant leur supérieur sautillant d'une jambe sur l'autre, s'arrêtant aussitôt sous les yeux écarquillés de ses subordonnés.

— Ça ne va pas ? demanda l'un d'eux.

— Je ne sais pas ce qui m'arrive. Soudain, j'ai eu envie de me dégourdir les jambes, peut-être la joie d'apprendre la capture d'Onot.

Le préfet de police ne savait pas qu'il avait exprimé la joie qu'éprouva Ellert et son besoin de l'exhaler.

Ce dernier était heureux de ressentir la nouvelle plénitude de ses forces. Il n'était plus condamné à rester rivé au corps d'Onot.

— Si tu es si content que cela, remarqua un officier, qu'attends-tu pour envoyer un détachement cueillir ton bonhomme ?

— Fais le nécessaire, mon vieux, rétorqua le chef de la police, tout guilleret et complètement sous l'emprise d'Ellert, quant à moi, je contacterai le Juge Suprême pour l'informer de notre succès. J'ai été bien inspiré en laissant sur place quelques hommes pour guetter le retour de mon loustic !

Le Drouf concerné salua militairement et quitta la salle. Ellert, lui, abandonna « son préfet » et se dépêcha de suivre le subordonné qui, ayant gagné la sortie du bâtiment, arrêta un véhicule qui le transporta à l'astroport. Ellert n'eut pas à intervenir lorsque le Drouf se présenta au commandant de la place.

— Ordre du préfet de police, dit l'émissaire, un aéroglisseur avec son équipage doit se rendre immédiatement dans les montagnes de Brasi, au laboratoire d'Onot, au nord du Centre Mathématique ; les coordonnées sont connues. Le prisonnier évadé vient d'être repris.

— C'est merveilleux ! s'exclama le commandant. Je connais très bien le terrain. Je m'y rendrai personnellement et prendrai trois hommes avec moi.

Ellert laissa partir le Drouf qui retournait au palais de justice. Maintenant, il allait s'occuper du commandant dont le nom était Rambos.

Rambos réunit ses hommes et désigna un pilote et deux sergents pour l'accompagner. Cinq minutes plus tard, la petite machine prit l'air et, avec une vive accélération, s'enfonça dans le ciel nocturne en direction de l'est.

Peu avant l'atterrissage, Ellert procéda à une

seconde expérience. Tout en restant dans l'intellect de Rambos, il envoya une particule de son énergie à Onot, si bien qu'il dominait à présent les cerveaux de deux créatures.

— On vient te chercher, Onot, communiqua-t-il, laisse-toi faire. Nous nous évaderons une fois de plus, et mieux préparés que la première fois. Alors, ils constateront que tu n'es pas leur jouet et que tu réponds à leurs questions de propos délibéré et sans contrainte. M'as-tu compris, Onot ?

— Comme toujours, répondit Onot mentalement, et que se passera-t-il ?

— On met un aéroglisseur à notre disposition ! répliqua Ellert de bonne humeur.

Puis il retourna chez Rambos.

L'aéroglisseur venait d'atterrir ; Rambos en descendit et salua l'officier qui avait arrêté Onot. Deux policiers allèrent chercher le savant et le remirent entre les mains des deux sergents de Rambos. Celui-ci fit un signe d'adieu et le glisseur, avec son captif à bord, s'éleva rapidement et s'envola en direction de l'ouest.

Il ne devait jamais arriver dans la capitale.

L'Emir, le mulot téléporteur, avait emmené Rhodan par un bond soigneusement calculé non pas à proximité immédiate du labo d'Onot, mais en un endroit qui en était distant de quelques centaines de mètres.

— Attention ! chuchota le mulot de sa voix

fluette, une foule de Droufs sont massés devant l'entrée. Ce sont des policiers qui montent la garde.

Perry Rhodan eut soin de se tenir tranquille comme son petit compagnon. Il faisait encore nuit. Devant eux, au nord, se profilait la montagne. Au pied de la falaise, on distinguait le va-et-vient d'une faible lumière ; le falot sans doute d'une sentinelle faisant les cent pas.

— Ils ont cerné le labo dans l'espoir de capturer les amis d'Onot, supposa Rhodan.

Et le mulot de confimer.

Les policiers de garde ignoraient encore la fuite d'Onot et étaient plus loin encore de penser que le savant pourrait revenir chez lui. C'est la raison pour laquelle les efforts mentaux de L'Emir pour obtenir des renseignements par télépathie restaient sans résultat.

— Il n'y a pas de raison de prolonger notre attente, opina le mulot. On ne peut savoir quand et par quel moyen Onot arrivera ici. De plus, il est probable qu'Ellert aura exploré les lieux, constaté la présence de la police et, par conséquent, choisi un autre lieu pour s'abriter.

— Cela paraît logique, admit Rhodan, mais alors que faire ?

— C'est à moi que tu demandes cela ?

L'Emir était tout étonné.

— A mon avis, tu devrais retourner à la Gazelle ; quant à moi, je prospecterai la ville dans l'espoir d'y découvrir une piste à suivre.

Rhodan ne put qu'acquiescer. Lorsque, tous les

deux, ils se rematérialisèrent dans le poste de commande de la Gazelle, ils n'y trouvèrent que le lieutenant Mundi. Dans le couloir, Rhodan rencontra Manoli et Ras Tschubaï qui lui communiquèrent la grande nouvelle.

Quelques secondes plus tard, puisque L'Emir venait tout juste de quitter le vaisseau.

*
**

A toute vitesse, l'aéroglisseur vola vers l'est. Dès qu'Ellert eut repris le contrôle de Rambos, il le fit virer de cent quatre-vingts degrés. Quelque peu surpris, le pilote, en recevant cet ordre, avait regardé le commandant, mais avait obtempéré sans rien dire. Les deux sergents n'y virent que du feu, exclusivement occupés de leur prisonnier.

Jusqu'ici tout s'était bien passé, mais que faire ensuite ? Il n'était pas question de croiser éternellement au-dessus de Drufon où on ne tarderait pas à s'aviser de l'appareil détourné, avec le captif à son bord. Et Rhodan avait-il entrepris quelque chose pour venir à son secours ? Son cri de détresse avait-il été capté et transmis au Stellarque ?

Ellert se rappela ses nouvelles facultés ; elles étaient assez limitées. Il n'était pas hypnotiseur, capable de donner un ordre par posthypnose. Dès qu'il quitterait l'esprit de Rambos, le commandant reprendrait son libre arbitre. Toutefois, l'expérience récente prouvait qu'il était en mesure de contrôler deux cerveaux et non plus un seul. Et s'il pouvait en dominer trois, sinon plus ? Il eut un frisson en évoquant une telle possibilité. En ce cas, il pourrait dompter sans peine excessive les quatre Droufs escortant Onot ! Un premier essai le convainquit de la réalité de son pouvoir, cependant de courte durée et demandant un effort considérable. Dans l'immédiat, il ne savait comment en bénéficier, mais les perspectives pour l'avenir étaient merveilleuses !

L'horizon à l'est semblait blanchir. En maintenant le cap, un nouveau jour allait se lever ; il n'y avait pas de raison pour changer de direction.

En attendant, L'Emir s'était téléporté en ville. Plusieurs bonds bien calculés l'avaient transporté dans le bureau du préfet de police. Les Droufs étant grands et gros, l'ameublement, bien sûr, à leur mesure, il n'était pas difficile pour le mulot de trouver une cachette où se dissimuler.

Il apprit ainsi qu'Onot s'était évadé une seconde fois et qu'il avait obligé, mais par quel moyen, le commandant Rambos à dérouter son appareil dont on avait perdu toute trace.

Une fois de plus, le chef de la police donna l'alarme, cette fois-ci à la surveillance planétaire ! Partout, des détecteurs entrèrent en action, de véritables nuées de chasseurs ultra-rapides prirent l'air pour scruter jusqu'aux moindres recoins la planète ; rien ne pourrait échapper à leur attention, même pas un aéroglisseur posé au sol quelque part... et pas une Gazelle non plus !

L'Emir comprit d'abord qu'Onot et lui s'étaient manqués de peu ! Il mesurait tout le danger de la situation présente pour Rhodan et ses compagnons. Mais il ignorait que le secours pour Ellert était proche. Son premier souci fut de rejoindre la Gazelle et Rhodan auquel il fit un récit détaillé de son aventure en ville.

— Ils ne manqueront pas de nous découvrir ! dit-il pour conclure.

Rhodan jeta un coup d'œil vers Manoli.

— Ellert a récupéré ses forces et ses facultés, dirait-on ?

Et il expliqua en quelques mots à L'Emir les constatations du médecin.

— Ellert ne semble pas savoir qu'il dispose de nouveau d'un surcroît d'énergie permettant de revitaliser son corps. Il y a donc une chance pour qu'il puisse nous détecter.

— C'est à moi de le dénicher ! gémit le mulot de sa haute voix et en regardant le plafond comme s'il pouvait y trouver une réponse. Mais si Ellert n'y met pas du sien pour nous chercher, moi tout seul, je ne puis rien faire, pleurnicha-t-il. Pourquoi diable ne laisse-t-il pas Onot en paix ?

— Nous en avons déjà parlé, observa Rhodan. Sans doute a-t-il des raisons précises pour agir ainsi !

Tous les regards se tournèrent vers le mulot qui, les paupières fermées, écoutait, la tête levée au plafond.

— Mais Ellert est là, tout près de nous ! piailla-t-il. Il est à trois kilomètres d'altitude au-dessus de nous et vole à toute vitesse vers l'est.

— L'aéroglisseur ! s'exclama Perry Rhodan.

— Mais oui, l'appareil avec lequel il a pris la fuite ! Je me rends à son bord !

Avant que quiconque ait put dire un seul mot, L'Emir avait disparu. Au cours de la même seconde, il reparut dans la cabine de l'avion où Ellert, avec Onot et les quatre Droufs, expérimentait ses facultés. C'est à travers vingt yeux à la fois qu'Ellert regarda son ami le mulot. Cinq influx télépathiques convergeaient vers L'Emir.

— Ellert, lequel des cinq monstres est Onot ? demanda L'Emir.

La réponse télépathique fut quintuple :

— C'est celui entre les deux gardiens. Mais je dois m'occuper des cinq à la fois, sinon les Droufs t'identifieraient ; maintenant, ils t'oublieront ! Dis-moi, où est le navire ?

— Tu veux dire notre Gazelle ? Elle est là-bas, au creux de la vallée, dans la montagne. Les Droufs ont déclenché l'alarme générale. Il nous faut filer tant qu'il est encore temps. Tu ne pourras pas venir avec nous ?

— Je ne puis laisser Onot.

Ellert eu une brève hésitation.

— Ou plutôt je pourrais. Ecoute, L'Emir, dans la poche droite d'Onot se trouve une feuille métallique ; prend-la, elle concerne le super-propulseur linéaire. Ils ont donné l'alarme générale, dis-tu ?

— Oui, l'alarme planétaire ! Personne ne passera la journée de demain sans être contrôlé, et je ne parle pas d'un vaisseau spatial non drouf. Il me faut y retourner. Rhodan est venu en personne pour te chercher. Viens avec moi !

— Dans quelques secondes, L'Emir, je viendrai non avec toi, mais en toi. Auparavant, je dois tenir ma promesse et effacer tous les souvenirs de l'esprit d'Onot ; je ne veux pas y faillir.

En attendant, le mulot regardait autour de lui. Le pilote maintenant le cap vers l'est où le soleil ne tarderait pas à se lever. Sur le siège du copilote se tenait Rambos, le regard inexpressif braqué sur les instruments de contrôle, conformément aux ordres télépathiques d'Ellert. Les deux sergents étaient immobiles, Onot, leur prisonnier, avait les yeux fermés. A son réveil, il ne se rappellerait même pas l'existence d'Ellert, son étrange ami.

— Dès qu'Onot ouvre les yeux, n'hésite pas à bondir, communiqua Ellert silencieusement. A la même seconde, je me retire des cerveaux des quatre Droufs. Agis sans perdre de temps ; le commandant a des réflexes rapides, il te tuerait immanquablement !

De toutes ses forces, L'Emir se concentra sur Onot. A aucun moment il ne sentit la présence d'Ellert, resté parfaitement neutre. Au moment où Onot ouvrit les yeux, le mulot se désincarna et bondit.

CHAPITRE VII

Le gigantesque soleil double de Siamed venait de se lever au-dessus de l'horizon lorsque le lieutenant Mundi enclencha le démarreur. Avec un hurlement strident, le disque spatial s'élança dans le ciel coloré, pas assez vite pour échapper aux détecteurs des Droufs, mais avec une rapidité suffisante pour rester hors d'atteinte de leurs réactions, lesquelles, par rapport à l'univers d'Einstein, étaient de moitié plus lentes.

— Ouf, nous avons pu passer ! clama Rhodan qui avait observé, sur l'écran de son radar, la meute des chasseurs droufs jetés à leur poursuite.

Mundi hocha la tête affirmativement, très fier d'avoir pu fournir au Stellarque une preuve de sa virtuosité. Pourtant, la partie était loin d'être gagnée. Les chasseurs s'effacèrent dans le lointain, la Gazelle fonça vers l'espace interstellaire. C'est là que se tenait l'ennemi le plus redoutable : la flotte spatiale des Droufs.

— Dès apparition de leurs premières unités, passez en transition ! commanda Rhodan.

Le lieutenant confirma par un mouvement de la tête.

Dans l'infirmerie du vaisseau, le Dr Manoli ignorait tout de ces péripéties mouvementées. Son problème, c'était ce corps humain allongé sur un lit d'hôpital. Lorsque L'Emir, voici une heure, s'était rematérialisé à bord de la Gazelle, tout le monde avait pensé à un échec de sa mission. Et puis Ellert s'était manifesté. Il y avait soixante-dix ans que, intellect désincarné, il avait été projeté dans l'Eternité, et maintenant il était de retour dans le corps du mulot.

Manoli tâta le pouls du gisant. Il était encore lent, mais régulier. La transfusion sanguine avait ravivé le teint. Ellert se réanimait.

— Ellert, m'entends-tu ? demanda le médecin, surpris lui-même de ce tutoiement inconscient.

Mais les soins attentifs qu'il avait si longtemps prodigués à ce corps justifiaient bien cette familiarité.

Sur les lèvres d'Ellert se lisait un léger frémissement. Il lui fallait réapprendre l'usage de son corps.

— J'entends, articulaient ses lèvres dans un souffle à peine audible.

C'était la première fois après exactement soixante-treize ans qu'Ellert parlait par sa propre bouche.

Sur le pont de commande, Rhodan et Mundi devaient faire face à une situation dramatique. Une escadre de croiseurs lourds droufs leur barrait l'accès à l'espace libre. Pour une transition, la vitesse était encore insuffisante. Tout au plus pourrait-on effectuer une « glissade » à travers la zone d'interférence.

La présence du camouflage électronique n'empêcha pas les coups de feu énergétiques de frôler dangereusement le blindage de la Gazelle.

— Transition ! commanda Rhodan.

Et Mundi appuya sur le bouton de mise en route de l'opération.

Les croiseurs ennemis semblèrent se diluer dans le lointain et disparurent. Mais sur les instruments de bord, Rhodan put constater qu'ils continuaient à le poursuivre. Dans le fourmillement étoilé se dégagea maintenant la planète Hadès.

— Atterrissage, lancez le code d'identification ! Donnez l'alarme !

De toutes ses forces, la Gazelle fonça sur l'univers crépusculaire, freina à mort et plongea dans l'abri souterrain. Le ciel étoilé au-dessus d'elle s'effaça. Les sirènes d'alarme hurlaient, mettant en alerte toute la base.

Le capitaine Roux se précipita dans l'abri pendant que Rhodan descendait du cockpit.

— Evacuez la base, capitaine, lança-t-il à l'officier qui n'en crut pas ses oreilles. Si les Droufs calculent bien leur coup, ils serons ici dans une demi-heure et transformeront Hadès en enfer. Abandonnez le matériel ; tous les hommes dans les transmutateurs ; avertissez le *Drusus*. En vitesse, chaque seconde compte !

Tout le monde s'affairait sans perdre de temps. Quant à Manoli, il soignait Ellert, pas encore maître de son corps, incapable de bouger sans être soutenu. Le temps manquait pour appeler l'ambulance de la base. Aussi L'Emir et Ras Tschubaï téléportèrent le médecin et son patient dans le transmutateur le plus proche, déjà prêt.

Un appel radio avait informé le *Drusus* dont les transmutateurs furent aussitôt branchés sur réception.

— Une forte formation des Droufs s'approche de la base ! indiqua l'officier radio.

Immédiatement après, il régla le détonateur pour faire sauter sa station.

Les hommes de l'équipage coururent vers les sas des transmutateurs, n'emportant que le strict nécessaire. En une succession rapide, ils disparurent un à un et se rematérialisèrent aussitôt à bord du *Drusus*.

Rhodan et Roux restaient les derniers pour assister aux décollages des Gazelles qu'ils ne voulaient pas livrer à l'ennemi. Leurs équipages ne comptaient que deux hommes pour diminuer le risque des pertes humaines. Ils devaient essayer de rallier le croiseur-relais stationné devant l'entonnoir-détendeur et, de là, gagner l'espace einsteinien en transitant.

— Il nous reste trente minutes ! souffla Roux.

— Les Droufs seront ici bien avant, rétorqua Rhodan.

Les deux hommes étaient à trois ou quatre pas du sas d'un transmutateur où ils pouvaient se mettre à l'abri en cas de besoin. Dans le ciel nocturne, le nombre des étoiles semblait se multiplier. Puis ces étoiles devinrent vaisseaux spatiaux que les Gazelles en fuite avaient guidés à leur insu.

— Si nous restons sans défense...

Rhodan devina aussitôt la pensée du capitaine.

— Nous allons les mystifier, Roux. Hadès sera anéanti avant de tomber entre leurs mains. Et ils s'imagineront que nous avons péri dans la base. Mettez en route la défense automatique.

Le déclenchement fut rapide. Dès qu'un des vaisseaux droufs s'approchait à une distance donnée, l'artillerie énergétique de la base envoyait des éclairs mortels dans l'espace. Sur l'écran, Rhodan observa trois croiseurs dont le blindage venait d'être endommagé. Les autres unités se retirèrent et se mirent à former un « triangle de bombardement », indice sans équivoque de leur intention d'anéantir la planète. C'est ce que Rhodan voulait savoir.

— Nous y sommes, Roux, dit-il, d'ici quelques minutes la croûte de Hadès sera transformée en un magma incandescent ; nous aurons chaud !

Impassible, le capitaine régla le tir défensif à une distance plus importante. Son artillerie fit des ravages parmi les assaillants, leur prouvant que la base était défendue. Mais les Droufs préparaient le coup de grâce.

Leurs premières bombes tombèrent loin, mais leurs impacts furent catastrophiques. Une seconde vague frappa des montagnes plus rapprochées et transforma les rochers en stalagmites ardentes de formes bizarres et vite figées. Et puis éclata la première bombe nucléaire, déclenchant un brasier atomique éblouissant.

Hadès était perdu à jamais.

— Maintenant, nous pouvons être sûrs que personne ne mettra plus le pied dans la station, dit le capitaine.

Il jeta un regard circulaire et dit avec un accent de regret :

— Tout ce beau matériel perdu, nos douze transmutateurs...

— Dommage, en effet, répondit Rhodan, mais, en revanche, que de vies humaines préservées !

En silence, les deux hommes entrèrent dans le transmutateur et se trouvèrent dans la seconde même à bord du *Drusus* où ils furent accueillis par Reginald Bull, le visage illuminé de joie.

— Il était temps, messieurs, dit-il, une minute de plus et je serais parti vous chercher.

— Tu te serais brûlé les doigts, répliqua Rhodan brièvement. Tout est paré pour le décollage ? Où est Ellert ?

— Manoli l'a transporté dans l'infirmerie de bord. Le général Deringhouse attend tes instructions.

— Eh bien, fais le nécessaire, Bully. Transition immédiate. Il nous faut gagner le plus rapidement possible l'univers einsteinien et puis la Terre. Mais, prudence ! Par transitions successives effectuées en plusieurs directions.

— Tu ne viens pas sur le pont ?

— Plus tard, Bully. Auparavant, je voudrais voir Ellert.

90

Reginald Bull gagna le pont de commandement ; le capitaine Roux rassembla ses hommes et leur assigna leurs nouveaux quartiers.

Le maréchal Freyt avait regagné Terrania ou il s'occupait des préparatifs pour leur réception. Ellert aurait une bonne surprise.

En se rendant à l'infirmerie du *Drusus,* Perry Rhodan pensa avec une affection chaleureuse à son vieil ami Ernest Ellert, décédé voici plus de soixante-dix ans et enfin retrouvé. Ou, plutôt, qui avait vécu dans un autre espace, dans une autre dimension, dans un autre corps. Sans doute avait-il perdu sa faculté d'envoyer son esprit dans le futur, mais peut-être était-ce très bien ainsi. L'idée même de ses pérégrinations à travers l'Eternité était troublante et ne pouvait qu'engendrer des complications inextricables. Que se passerait-il si lui, Perry Rhodan, pouvait déchiffrer l'avenir ? Ne perdrait-il pas alors le sens des réalités du présent ?

En entrant dans l'infirmerie, le Stellarque fut accueilli par les Drs Haggard et Jamison. Plus loin, Manoli se pencha sur le corps allongé d'Ellert. Rhodan eut un sursaut d'angoisse.

— Vous n'êtes pas rentrés avec Freyt ? Eric, comment va Ellert ?

— Tout va bien, Perry. Ellert se repose, son corps aussi bien que son esprit. Tout indique que son rétablissement sera rapide et définitif.

Profondément soulagé, Rhodan s'approcha du lit et contempla le visage de son ami. La face, autrefois pâle et exsangue, était rose et palpita délicatement. Les paupières et les cils bougèrent très légèrement, les yeux s'ouvrirent et Ellert regarda Rhodan.

— Ernest Ellert, comment te sens-tu ?

Les lèvres s'entrouvrirent, mais les mots étaient presque imperceptibles.

— Il est bon de former un tout avec son corps. Tant d'hommes désirent s'incarner ailleurs ; c'est une bêtise. On ne peut être heureux que dans sa propre peau. Même s'il y a un bras qui manque.

Rhodan leva la tête et regarda les trois médecins. Puis, en souriant :

— Bientôt, tu auras de nouveau deux bras, dit-il. En apprenant les merveilleuses facultés que tu nous apportes de l'Eternité, nous avons conçu un projet que, à vrai dire, nous devons à Onot. Mais je ne voudrais pas te fatiguer trop.

— Je ne suis pas fatigué, parle, je t'en prie...

— Eh bien, non seulement tu auras un bras artificiel que nul ne pourra distinguer de l'autre et qui te rendra les mêmes services, mais tu seras doté d'une arme hypnotique nouvelle. Elle te permettra de contrôler n'importe quelle créature vivante sans effort intellectuel. C'est ce que nous avons réussi à faire ; mais alors que pour nous le contrôle s'arrête lorsque le flux hypnotique est coupé, toi, tu pourras prendre en charge l'intellect de ton adversaire paralysé par tes radiations, et cela sans la moindre peine. Personne ne pourra s'opposer à ton pouvoir.

Le Dr Manoli s'approcha du Stellarque.

92

— Ellert a besoin de repos, Perry, laisse-le dormir.

— Oui, je vais prendre quelque repos, répondit Ellert en souriant. Et, un jour, j'irai rendre visite à un vieil ami, Onot. Dans l'immédiat, je ne voudrais pas me trouver à sa place. Mais il s'en sortira, il sera réhabilité et réintégré dans ses fonctions.

Lorsque la respiration profonde du convalescent indiqua qu'il s'était endormi, les quatre hommes quittèrent son chevet et la salle d'infirmerie. Dans le couloir, le professeur Haggard s'enquit auprès de Rhodan :

— Les Droufs savent-ils à qui appartenait la base secrète sur Hadès ?

— Nous avons effacé toutes nos traces. Quoi qu'il en soit, ils ne pourront jamais rien prouver. Par ailleurs, il existe chez eux une opposition agissante. Rien n'exclut qu'un de leurs ennemis ne se soit incrusté dans le système du double soleil.

— Quel sera le sort d'Onot ? demanda à son tour le Dr Jamison.

— Ellert l'a rendu amnésique. Devant ses juges, il plaidera l'innocence, n'ayant jamais commis de trahison. Et les détecteurs de vérité confirmeront ses dires ; il sera certainement relaxé.

— Où en est la question de ce fameux...

L'apparition du mulot qui venait de se rematérialiser dans le couloir, devant eux, interrompit l'entretien.

— Vous bavardez et dans deux minutes aura

lieu la première transition. Il vaudra mieux vous retirer dans une cabine.

— Voici la mienne, répondit le Dr Manoli, en ouvrant une porte toute proche, entrez, je vous prie.

Lorsque tout le monde fut assis, il reprit la question que l'arrivée de L'Emir avait coupée :

— Où en est la question du super-propulseur linéaire des Droufs ?

Rhodan répondit :

— Je n'ai pas encore eu l'occasion de lui poser la question.

A ses paroles, le mulot descendit de son sofa, mit à fouiller dans ses poches et finit par en extraire un feuillet métallique tout fripé.

— J'allais oublier, piailla-t-il, voici ce que j'ai trouvé sur Onot. Les plans du propulseur linéaire des Droufs, paraît-il.

Rhodan déploya le document malmené. S'il ne saisit rien de ses détails, il comprit néanmoins et du premier coup d'œil l'importance capitale de ces notes et croquis : elles concernaient le propulseur stellaire, jusqu'ici secret exclusif des Droufs, une clé pour atteindre d'autres étoiles !

— Merci, petit ami, dit Rhodan. Tu viens de nous remettre le cadeau le plus précieux d'Ellert. Nous le remercierons en lui rendant la vie.

— ... Et l'arme hypnotique ! ajouta le Dr Jamison.

Les douleurs lancinantes accompagnant chaque transition se firent sentir. Pourtant, le Stellarque ne lâcha pas le précieux document que lui avait remis Ellert par l'entremise du mulot.

Désormais, l'éclat des soleils intergalactiques conduirait ses vaisseaux comme les phares avaient guidé, en leur temps, les navires sur les océans terrestres.

Une nouvelle ère de la navigation interstellaire allait s'ouvrir...

DEUXIEME PARTIE

CHAPITRE PREMIER

Cinq gigantesques transports de troupe s'étaient posés sur le spacieux astroport d'Arkonis III et, depuis, attendaient. Rien de plus énervant qu'une attente doublée d'incertitude. Les psychologues savent qu'elle est un excellent moyen pour réduire à merci un éventuel adversaire.

Sur le même astroport stationnait aussi le super-croiseur *Drusus,* le vaisseau amiral du Stellarque Perry Rhodan, qui recevait la visite d'Atlan, le Gnozal d'Arkonis, du Grand Empire. Les deux hommes, amis de longue date et compagnons de lutte, se rencontraient dans le salon du *Drusus* réservé à Rhodan. En effet, le Stellarque était pressé de repartir car il désirait assister à la dernière phase du combat qui allait se dérouler contre les Droufs. Et, pour ce faire, il fallait profiter de l'existence de l'entonnoir-détendeur entre l'univers einsteinien et celui des Droufs. Or, les jours en étaient comptés.

Atlan, huitième Gnozal du Grand Empire, était maître d'Arkonis depuis que, grâce au concours

97

de Perry Rhodan, il était parvenu à destituer le Régent-robot, autocrate tyrannique et implacable.

— Je te dois un grand merci, Perry, mon ami, pour avoir retrouvé les cent mille émigrants d'Arkonis partis voici dix mille ans. Je compte sur eux, qui ne sont pas dégénérés comme presque tous les autres Arkonides, pour restructurer et consolider le Grand Empire. Comment les choses se sont-elles passées ?

— Ce n'était pas très simple. Après maintes péripéties, nous avons trouvé le navire des émigrants qui étaient plongés dans un sommeil cryogénique dont ils ne furent tirés que par une circonstance fortuite, voici trois semaines à peine. Leur réveil a provoqué un chaos à bord du vaisseau. Mais les anciens ont réussi à s'imposer ; au bout d'un sommeil de dix mille ans, ils étaient plus frais et dispos que jamais. Cependant, les machineries de leur bateau étaient hors d'usage et il fallait transborder tout ce monde sur les transports de troupe que tu nous avais envoyés. Il fallut recourir au gaz soporifique pour y parvenir, à l'exception de leurs chefs qui sont avec nous à bord du *Drusus*. C'est tout !

— C'est tout, comme tu dis, Perry. Pour moi aussi, c'est tout, mais dans un sens bien plus large. Car avec ces cent mille Arkonides non dégénérés et en pleine possession de leurs moyens physiques et intellectuels, je compte reconstruire mon empire, et c'est à toi, mon ami Perry, qu'Arkonis devra indirectement sa résurrection.

— Tu exagères mes mérites, Atlan. Penses-tu

vraiment que cent mille individus, même d'élite, puissent suffire pour réaliser une œuvre aussi colossale ?

— Cent mille intelligences, ce n'est pas rien, Perry. Il est certainement dommage que la totalité des émigrés n'ait pu être récupérée, mais soyons satisfaits de ceux qui ont pu être sauvés.

— Tu as raison. Pourtant, l'apparition subite de tant de personnes que l'on croyait mortes depuis si longtemps pourra créer des problèmes difficiles à résoudre. Es-tu sûr que ces Arkonides, fiers de leur prestige, te reconnaîtront comme leur maître ?

— Certainement, déclara Atlan, très sûr de lui. En quittant leurs vaisseaux, ils seront reçus avec éclat et au milieu d'une démonstration de force qui leur permettra de constater la puissance actuelle d'Arkonis. Et je ne parle pas d'un atout dont ils ignorent l'existence.

— Lequel ? s'enquit Rhodan.

— Le cerveau-robot, enchaîna Atlan. Il ne fut construit qu'après leur départ. Mais il les convaincra. En fin de compte, c'est le cerveau-robot qui m'a intronisé. C'est lui encore qui pourra fournir la preuve que je suis le descendant direct des premiers maîtres d'Arkonis. Il est vrai que, ce faisant, il témoignera aussi de mon âge qui est celui de leurs anciens, de mes ancêtres. En fait, ils sont mes contemporains, mais comment leur expliquer cela sans révéler le secret de mon immortalité ?

— Il n'est pas indispensable de leur en parler,

dit Rhodan avec un petit sourire. Tout au moins pas dans l'immédiat.

— Possible, admit Atlan. Peut-être suffit-il que le cerveau-robot établisse ma filiation directe. Alors, mes ancêtres n'hésiteront pas à me prêter le serment d'allégeance. A partir de ce moment, je pourrai leur confier des postes de responsabilité capables de satisfaire leurs ambitions. Et maintenant, présente-moi les anciens.

Rhodan appuya sur le bouton du vidéophone pour appeler le colonel Sikerman, capitaine du *Drusus*. Le visage buriné du vieux navigateur apparut sur l'écran.

— Tout est prêt pour la réception ?

— Oui, commandant, le grand maréchal en personne a donné les ordres nécessaires. Puis-je me permettre une observation ?

— Je vous écoute.

— Le grand maréchal a prévu une garde d'honneur, une dizaine de robots lourds pour présenter les armes, et, au moment de l'entrée de l'amiral Atlan, toutes les sirènes du *Drusus* retentiront pendant dix secondes. Il me semble que...

— Atlan n'est plus amiral d'Arkonis, mais Gnozal VIII du Grand Empire. Vous êtes au courant du fait, mais les anciens l'ignorent. Il convient de leur rendre évident le changement qui est intervenu sur Arkonis durant leur absence. Allez, colonel, faites donner les sirènes !

Entourés d'un cérémonial impressionnant, sous le hurlement des sirènes du *Drusus*, le Stellarque et Atlan, le Gnozal, firent une entrée solennelle dans la salle où les attendaient les anciens Arkonides revenus à la vie après un sommeil artificiel de dix mille ans. Les deux potentats passèrent en revue la garde d'honneur, les sirènes se turent et le grand maréchal Bull s'avança militairement pour annoncer que les Arkonides étaient prêts à être présentés à leur maître. La cérémonie était impressionnante.

Mais, quelque part au fond de son esprit, Rhodan perçut une sorte de ricanement à peine réprimé de quelqu'un qui, peu respectueux, semblait s'amuser de tout ce déploiement solennel : L'Emir, le mulot télépathe. Au moment où Rhodan l'avait identifié, le petit rire s'arrêta instantanément, mais le mulot aurait son savon, plus tard !

Les Arkonides présents reconnurent Atlan comme Gnozal légitime et leurs compatriotes qui attendaient dans les cinq transports de troupe ne pourraient que les imiter. C'était là l'essentiel.

Dans le mess des officiers du *Drusus*, les mutants passèrent le temps en suivant une partie d'échecs tridimensionnels qui opposait le télépathe John Marshall, leur chef, à Betty Toufry. Ishy Matsu et le mulot, d'autres encore attendaient également l'heure du décollage.

Le jeu se déroulait à l'intérieur d'un cube antigravitationnel comprenant cinq cent douze cubes pour deux cent cinquante-six figures, dont huit rois, planant dans l'espace et pouvant se déplacer dans les trois dimensions. Pour gagner, il fallait mettre en échec au moins cinq des rois adverses et, de toute façon, un de plus que ce qu'on avait perdu soi-même. Ce jeu qui exigeait un effort intellectuel de beaucoup supérieur à celui en espace bidimensionnel, était le passe-temps favori des mutants. Betty, devant jouer, appuya sur un bouton de son tableau de commande et une de ses figures descendit vers le sixième niveau, puis, s'étant déplacée latéralement de deux carreaux, s'arrêta. John Marshall se mit à étudier la réplique. L'Emir, alerté, leva la tête. Quelques secondes plus tard, Rhodan entra dans le carré, s'assit sur une chaise libre à côté du mulot.

— Tu aurais dû voir la scène, chuchota-t-il, c'était du grand art ! Mais je parie que les cent dix mille dormeurs prêteront le serment d'allégeance à Atlan.

L'Emir regarda pensivement le plafond.

— Si c'est vrai, Atlan me devra une fière chandelle. Finalement, c'est moi qui ai découvert le vaisseau des émigrants. Je veux espérer qu'il n'oubliera jamais que nous sommes ses amis.

— Il ne l'oubliera pas, répondit Rhodan. Atlan est terranien plutôt qu'arkonide, et je ne vois pas ce qui pourrait en faire notre adversaire.

Perry Rhodan ne soupçonna même pas l'importance de cette erreur. Il est vrai que l'événement décisif appartenait encore à un avenir éloigné. Dans l'immédiat, Rhodan s'apprêtait à revenir sur Terra.

— Nous partirons dans peu de temps, dit-il. Sikerman a reçu ses instructions. Nous ne rentrerons pas directement. Il existe quelques planètes que je désire visiter en cours de route.

Rhodan ne put continuer. Une main invisible sembla étreindre son cerveau au point de l'écraser. Incapable de bouger, il se sentait presque paralysé. L'Emir et les autres télépathes se trouvaient dans la même situation.

— *Perry Rhodan !*

L'influx était précis et s'imprimait dans tous les cerveaux. Il provenait du néant, son intensité était douloureuse. Aucun des mutants n'eût été en mesure d'émettre télépathiquement avec une force semblable.

— *Perry Rhodan !*

Cette fois-ci, l'influx était encore plus fort et plus pressant. On eût dit que son auteur tâtonnait dans l'obscurité, ne sachant comment toucher le Stellarque.

John Marshall poussa un gémissement et s'écroula sur son siège, terrassé par la douleur. Les deux jeunes filles résistaient mieux. Elles étaient pâles, dans leurs yeux écarquillés se lisaient l'étonnement et la surprise.

— *Perry Rhodan ? Réponds donc !*

Rhodan rassembla ses pensées. Dans tout l'Univers n'existait qu'une seule créature capable d'un tel effort télépathique sur une distance de plusieurs milliers d'années-lumière d'Arkonis. Les douleurs ayant cédé pour quelques secondes, il risqua un coup d'œil vers John Marshall, évanoui dans son fauteuil. Betty et Ishy fixèrent le Stellarque avec des regards horrifiés. Mais L'Emir, les yeux fermés, semblait écouter les profondeurs de son être.

Rhodan résolut de répondre avant l'arrivée d'un nouvel appel. Un autre message télépathique d'une telle intensité risquait d'entraîner des lésions psychiques irrémédiables, surtout chez John Marshall. Il comprit que l'inconnu détenait le pouvoir de tuer un homme sur une distance de milliers d'années-lumière.

— J'ai reçu ton appel, mon ami ! dit Perry Rhodan à haute voix, en pensant à certaine planète qui devait se trouver quelque part au milieu des étoiles. Etait-il indispensable de nous mettre en pareil état ?

Le mulot, installé dans le fauteuil proche de Rhodan, ouvrit un instant les yeux. Il crut comprendre et se rassura. Avec un hochement de tête satisfait, il reprit sa méditation attentive.

John Marshall bougea faiblement et se redressa péniblement. Il rencontra le regard de mise en garde de Rhodan.

— Prends les filtres protecteurs, conseilla le mulot à mi-voix. Il faut affaiblir les impulsions, sinon ton cerveau ne résistera pas.

Avant même que Rhodan ait pu ouvrir la bouche, la réponse arriva du néant :

— *Je t'attends, Perry Rhodan ! Viens tout de suite !*

Cette fois, si l'influx n'était pas moins fort, du moins était-il moins pressant. Rhodan crut y distinguer une sorte de soulagement ; il questionna dans le vide :

— Où m'attends-tu ?

La réponse fut immédiate :

— *Je suis sur Wanderer ! C'est urgent, ne tarde pas !*

Rhodan avait reconnu son interpellateur.

La créature immortelle résidant sur la planète Wanderer, se sentant en détresse, appelait au secours. Connaîtrait-elle de nouvelles menaces, comme l'autre fois, lorsqu'elle avait été agressée par les Droufs ?

— Indique-moi la position actuelle de Wanderer ! demanda Rhodan.

Wanderer était une planète artificielle qui n'avait pas une orbite connue dans l'espace mais poursuivait une course à travers l'Univers. Pour déterminer sa position, il fallait recourir au cerveau électronique sur Vénus, d'où perte de temps. Mieux valait donc une question directe.

Rhodan attendait vainement une réponse de l'être énigmatique. La voix du néant resta muette.

John Marshall récupérait ses esprits. Perry Rhodan reprit son appel :

— Quelle est la position de Wanderer ? Que s'est-il passé ?

Il n'y eut pas de réponse. Betty Toufry prit la parole :

— *Il* s'est retiré. Pourquoi nous faut-il rallier Wanderer, que nous veut-*il* ?

C'est ainsi que tout le monde parlait de cet être mystérieux auquel ils devaient la douche revitalisante pour leurs cellules, source de leur quasi-immortalité. « *Il* » était le représentant d'une race à jamais éteinte, une concentration d'intelligence et de pouvoir spirituel. Rarement, ils avaient pu l'apercevoir sous forme d'un amas d'énergie de forme sphérique, étincelant, de petite taille. Et cette fois, c'était *lui* qui les avait appelés par-delà une distance de plus de trente mille années-lumière !

John Marshall avait compris le sens de la question posée par Betty.

— Sans doute a-t-*il* quelque chose à nous dire ou à nous montrer. Heureusement, ma douleur s'apaise. J'avais la sensation qu'un fer rouge s'enfonçait dans ma cervelle. Je n'aurais jamais cru que ma sensibilité de télépathe puisse être aussi grande.

— Je n'avais pas l'impression qu'il s'agissait d'un appel au secours, dit Rhodan. Je dirais même que c'était plutôt un ordre. Je me demande quelle suite donner à l'invitation de me rendre sur Wanderer.

L'Emir se redressa, les yeux brillants.

— Il n'est pas possible de rester sourd à l'appel de l'Immortel, dit-il. Quand partons-nous ?

— Nous allons partir plus tôt que prévu, répliqua Rhodan. Mais nous serons obligés de passer par Vénus pour connaître la position de Wanderer puisqu'*il* reste muet.

Il appela le colonel Sikermann par l'intercom et lui donna ordre de partir immédiatement, quitte à faire compléter en cours de voyage les calculs relatifs à la route à suivre.

— J'aimerais bien savoir ce qui s'est passé sur Wanderer !

Le Stellarque n'était pas seul à se poser cette question.

Reginald Bull s'était retiré dans sa cabine pour se reposer en vue du décollage prévu dans quelques heures. Les vibrations dues aux propulseurs du *Drusus* mis en route le tirèrent d'un sommeil qui n'avait duré que dix minutes à peine. Il bondit dans la salle de commandes où il rencontra le colonel Sikerman.

— Nous partons plus tôt que prévu, lui dit ce dernier. Ordre du pacha.

Bull se précipita chez Rhodan qu'il trouva assis devant ses écrans de télévision. Le Stellarque mit Bull au courant de la situation et conclut :

— Ce qui est regrettable, c'est le détour par Vénus qui nous coûtera une journée entière. Comment expliquer que l'Omniscient ait pu oublier quelque chose ?

Reginald Bull ne pouvait évidemment répondre à pareille question. Se sentant vaguement rassuré, il dit :

— L'incident prouve que l'Immortel peut nous toucher n'importe quand sans savoir où nous nous trouvons. C'est assez paradoxal, non ?

— Pas tellement, répliqua Rhodan. La portée

de ses impulsions télépathiques est sans limites, c'est certain. Mais pour qu'il puisse recevoir nos réponses, il faut que nous soyons fortement concentrés. A cette condition, il lui est probablement possible de déterminer distance et direction de notre message. Je suppose que maintenant, où nous pensons intensivement à lui, il sait déjà que nous sommes en route.

La voix du colonel Sikerman se fit entendre.

— Attention ! Transition dans dix minutes.

La communication était de routine. La transition, le bond à travers l'hyperespace, n'avait rien d'extraordinaire, pas plus que le fait d'appuyer sur l'accélérateur d'une voiture. Les anti-g absorberaient le choc de l'accélération et seules les douleurs consécutives à la rematérialisation, encore inévitables, mais brèves, témoigneraient du fait que l'on venait de franchir plusieurs milliers d'années-lumière en une seule seconde.

— Je n'ai rien senti du message de l'Immortel, observa Bull non sans une secrète irritation.

Rhodan hocha la tête.

— Je trouve aussi que c'est curieux. Ce sont les télépathes seulement qui ont capté les impulsions et cela dans des conditions extrêmement désagréables. Cette exclusivité a certainement une raison d'être. Comme *il* sait que j'ai quelques dons télépathiques, *il* avait quelques chances de me toucher. Je suppose que, ayant reçu ma réponse, *il* a sténocodé ses impulsions, car nous sommes seuls à bord du *Drusus* à les avoir captées.

— Par-delà une distance de trente mille années-lumière, c'est un joli exploit ! admit Bull. Et maintenant, que va-t-il se passer ?

— En temps voulu, nous apprendrons sûrement ce qu'*il* attend de nous. J'ai l'impression qu'*il* a besoin de nous. C'est une sensation bien agréable d'avoir à secourir des êtres immortels.

A la vitesse de 225 000 km/sec, le *Drusus* longeait le cercle des fortifications extérieures du Grand Empire en émettant automatiquement et à brefs intervalles son code d'identification. Sur les écrans, l'image d'Arkonis III devenait de plus en plus petite.

— C'est la première fois que l'Immortel demande notre aide.

Rhodan reprit le fil de ses pensées.

— Reste à savoir pourquoi. Mais je crois en connaître la raison.

Il ne put continuer. Il reçut une espèce de coup violent, venu du néant, frapper sa tête. Bull le regarda d'un air effrayé.

— Que t'arrive-t-il ? Wanderer ?

Incapable de répondre, Rhodan ne put qu'acquiescer de la tête.

— Transition dans cinq minutes ! annonça Sikerman qui, absorbé par ses cadrans, ne s'était aperçu de rien.

Reginald Bull resta silencieux tout en observant Rhodan qui s'était affaissé dans son fauteuil. Un instant plus tard, la porte s'ouvrit et livra passage à John Marshall en même temps que L'Emir se rematérialisait et sautait sur le divan près du fauteuil de Rhodan.

— Cette fois-ci, je n'ai presque rien senti, bredouilla Marshall légèrement étourdi. Avez-vous reçu également le message ?

Rhodan récupéra ses esprits.

— Oui, je l'ai entendu, dit-il. J'espère que vous avez retenu ses termes, afin que nous puissions comparer. La position de Wanderer fut répétée à trois reprises. Sikerman, veuillez noter : PB-ZH-97 H. Vous l'avez ?

— C'était exactement cela ! pépiait le mulot en se calant sur son siège.

Marshall confirma ces données. Mais Sikerman était inquiet.

— Transition dans trois minutes, dit-il, y a-t-il de nouvelles instructions ?

— Oui, Sikermann, arrêtez l'opération. Il n'y aura pas de transition.

Puis, s'adressant à Bull, Rhodan expliqua :

— Ce que nous venons de recevoir de Wanderer, ce n'est pas un message. C'est un ordre en bonne et due forme.

— Un ordre ? Et quel ordre ?

— Nous ne devons pas passer par Vénus mais rallier Wanderer par voie directe. Sa position nous a été communiquée. D'ailleurs, Marshall et L'Emir, ainsi que Betty et Ishy, l'ont également entendu. Ce qui est curieux, c'est...

Rhodan hésita avant de continuer. Mais Bull insista.

110

— ... Ce qui est curieux, c'est cette manière de lancer des messages que des télépathes sont seuls à pouvoir capter. Naguère, n'importe qui à bord pouvait écouter de telles communications.

Entre-temps, le colonel Sikerman avait non seulement donné le contrordre, mais indiqué les nouvelles données à transmettre à l'ordinateur de navigation. Après un bref délai, les bandes contenant les calculs pour les nouvelles transitions glissèrent sur son bureau et le capitaine du *Drusus* put annoncer :

— Nouvelles transitions possibles dans cinq minutes. Il en faudra quatre pour arriver à destination, car la distance est de...

— Passez les détails, Sikerman, répondit Rhodan. Dites-moi seulement combien de temps il nous faudra pour arriver au but.

— Vingt heures, commandant.

Rhodan consulta sa montre.

— Bon, faites-moi réveiller d'ici quatre-vingt-dix minutes. Je serai dans ma cabine.

Bull était passablement déconcerté en regardant la porte se refermer sur le Stellarque. Il poussa Marshall du coude.

— Pas très causant, aujourd'hui, le pacha. Allons, expliquez-moi un peu ce qu'il veut, l'Immortel sur Wanderer.

— Nous n'en savons pas plus long que vous et le pacha. Nous devons rallier le plus rapidement possible et par le plus court chemin la planète Wanderer qui tourne sur une orbite de cinq millions d'années-lumière autour d'un centre inconnu. Et ce qui nous attend là-bas...

— ... Personne ne le sait. Même pas le pacha, compléta de sa voix aiguë le mulot, pelotonné sur le divan.

CHAPITRE II

Peu avant la quatrième et dernière transition, Rhodan se rendit sur le pont de commandement. Les préparatifs étaient presque achevés. Les officiers n'étaient animés que d'une seule pensée, celle de ne pas rater Wanderer, comme cela s'était produit la fois précédente.

Dehors, les étoiles semblèrent se diluer, disparurent et, une seconde plus tard, reparurent. Pendant cet intervalle, le *Drusus* avait franchi la distance de cinq mille années-lumière. L'éclat des étoiles était froid. Et pourtant chacune d'elles recelait de la vie. Rhodan ne connaissait aucune des constellations qui se présentaient à sa vue, mais il n'eut aucun mal à identifier la planète Wanderer.

Celle-ci, une création artificielle, ressemblait à un disque surmonté d'une sorte de cloche d'énergie protectrice. Ses conditions d'existence dans le temps et dans l'espace étaient particulières et c'est seulement le tout nouveau détecteur temps-espace qui permettait de déterminer sa position. Ses ondes chercheuses reflétées se dessinaient sur l'écran d'un radar spécial.

— Les coordonnées étaient correctes, constata Sikerman avec satisfaction. Tout est en ordre. Nous sommes à douze minutes-lumière de notre but et commençons à ralentir.

Le Stellarque allait quitter la pièce lorsqu'il entendit Sikerman s'écrier :

— Commandant, nos propulseurs viennent de s'arrêter. Pourtant, je n'ai donné aucun ordre.

Rhodan se retourna.

— C'est peut-être naturel, dit-il, car nous sommes attendus et l'Immortel prend soin de nous faciliter l'atterrissage. Arrêtez les propulseurs, nous n'en aurons plus besoin. Dès à présent, nous sommes pris en charge.

Bull entra et, avec un regard satisfait sur les écrans, constata :

— C'est parfait, nous voilà arrivés.

— Tu ne crois pas si bien dire, le *Drusus* est déjà téléguidé. Mais, au fond, ajouta Rhodan, je me demande pourquoi *il* ne nous a pas cherchés directement sur Arkonis ; connaîtrait-*il*, *lui* aussi, des limites ?

Malgré eux, tous écoutaient le silence. Mais la voix de l'Immortel resta muette.

— A tout prendre, observa Bull, trente mille années-lumière, ce n'est pas mal comme distance. Sans doute ne peut-*il* pas faire mieux.

— Qu'est-ce qu'*il* ne peut pas ? piailla quelqu'un derrière Bull.

C'était le mulot qui, absent jusqu'ici, venait de

se téléporter dans le central. Bull se retourna, courroucé.

— Quelle mauvaise habitude d'effrayer les gens ! s'écria-t-il. Un téléporteur bien élevé devrait s'annoncer par un nuage sulfureux !

— Je répète ma question, pépia l'insolent mulot, qu'est-ce qu'*il* ne peut pas ?

En temps ordinaire, L'Emir ne laissait passer aucune occasion de se chamailler avec Reginald Bull. Cette exception à la bonne règle surprit Rhodan qui se retourna vers le mulot et fut ainsi témoin d'une scène à peine croyable. A côté du mulot se produisit la vibration de l'air caractéristique et un deuxième mulot, sosie du premier, sortit du néant.

Bull, blanc comme un linge, recula, épouvanté. Mais Rhodan réfléchit. L'apparition du deuxième mulot avait été accompagnée de la modification d'air habituelle, qui ne s'était pas produite à l'arrivée du premier. De plus, L'Emir authentique était tellement interdit par la présence de son sosie qu'il était incapable de proférer un mot.

— Bienvenue sur le *Drusus,* cher ami ! dit Rhodan avec une légère inclination vers le premier L'Emir. N'aurais-tu pu choisir une incarnation plus présentable que celle du mulot ?

En effet, le sosie de L'Emir n'était autre que l'Immortel qui venait de se matérialiser à bord du *Drusus.* Il répondit aimablement.

— Nul doute que ton ami Bull eût préféré voir les agréables formes de la Rallas, la célèbre actrice terrienne, hélas, décédée depuis longtemps ; ce qui n'aurait, du reste, rien empêché. Mais je ne suis pas tout-puissant, Perry Rhodan. Il n'était pas simple de te trouver. Enfin te voilà et j'en suis bien aise. J'ai besoin de ton secours.

— Moi, t'aider ?

Rhodan ne cacha nullement son étonnement.

— Comment puis-je t'aider, toi, l'Immortel ?

Rhodan trouva assez extraordinaire d'avoir à discuter ainsi avec un frère jumeau du mulot que la surprise figeait encore sur place et qui ne comprenait que lentement la plaisanterie que l'Immortel s'était offerte à ses dépens et à ceux de Bull.

— Tu l'apprendras bientôt, répondit le sosie en souriant. Dès que tu auras pris pied sur Wanderer, tu viendras chez moi avec ton petit ami et aussi avec un de tes mutants qui s'appelle Wuriu Sengu. J'ai à te proposer un problème qui ne sera pas facile à résoudre, mais tu y parviendras, j'en suis sûr.

L'Emir revenait lentement de son saisissement. Il respira profondément et dit :

— La copie est vraiment parfaite. Elle porte la même trace de brûlure sur ma peau lorsque je m'étais trop rapproché d'un fourneau électrique. C'est absolument incroyable.

— Je t'ai bien décalqué, n'est-ce pas, petit ami ?

Le sosie sourit exactement à la manière de son modèle.

— J'aurais pu aussi bien adopter la forme de Bull. Mais elle est nettement plus volumineuse

116

que la tienne et m'aurait demandé un surcroît d'énergie. Or, j'ai besoin de me ménager.

— Te ménager ? interrogea Rhodan soudain intéressé. Y a-t-il de nouvelles difficultés ?

— Pas précisément. C'est le problème de l'hémisphère.

Rhodan comprit immédiatement. Pour l'Immortel, l'aventure vieille de deux ans ne remontait qu'à quelques secondes, quelques minutes tout au plus.

— Bon, répondit-il, que puis-je faire pour toi ?

— Plus tard ! répondit l'Immortel. Tu apprendras tout en temps voulu. D'ici dix minutes terraniennes, le *Drusus* aura atteint le dôme énergétique. Il sera amarré. Ensuite, je viendrai vous chercher, toi et tes deux compagnons.

— Entendu. Mais pourquoi te faut-il justement Sengu, le guetteur ?

— Dans le cosmos, rien ne se passe sans raison, répliqua le faux mulot qui, instantanément, disparut.

La voix du vrai L'Emir trembla légèrement lorsqu'il dit :

— Il n'y a pas de doute, c'était bien moi, chaque poil de ma robe était authentique. Tu vas admettre, Bull, que je suis très beau. J'aurais pu m'admirer des heures durant.

— Hum, fit Bull en se raclant la gorge, si l'Immortel nous avait laissé un deuxième exemplaire de ta personne, je n'aurais certainement pu survivre.

Le colonel Sikerman dispensa L'Emir d'une réplique.

— Nous approchons de Wanderer, dit-il. La vitesse a notablement diminué. A croire nos instruments, nous allons toucher l'hémisphère énergétique.

A peine eut-il terminé qu'une légère secousse se fit sentir sur tout le *Drusus*. A la même seconde, les flèches de tous les cadrans du vaisseau s'inclinèrent vers le zéro. L'écran du détecteur spécial s'éteignit. En revanche, sur les écrans ordinaires scintillaient partout les myriades d'étoiles du cosmos.

Rhodan fit chercher Sengu, le mutant perspicace, puis s'adressa à Sikerman :

— J'ignore ce qui va se passer maintenant, mais j'ai confiance en l'Immortel. Quant à vous, colonel, soyez certain que le *Drusus* restera en position face à Wanderer. Il vous suffira donc de rester tranquillement à bord et d'attendre notre retour, dont je ne saurais fixer la date. Toi, Bully, tu devras rester à bord avec Sikerman. C'est ce que désire l'Immortel.

Bull eut du mal à cacher son soulagement et sa satisfaction de pouvoir rester à bord du *Drusus,* et Rhodan fit semblant de croire à sa déception feinte.

— Je ne pense pas qu'*il* soit accessible à des sentiments comme la sympathie ou l'antipathie ; il vise simplement l'opportunité. Or, L'Emir est polyvalent et par ailleurs capable de me protéger. Quant à Sengu, il a la faculté de voir à travers la matière solide. C'est pourquoi je pense que la tâche que nous réserve l'Immortel ne nous attend pas sur Wanderer où de tels dons n'ont pas d'utilité.

Le mulot revint accompagné de Wuriu Sengu, un Japonais de constitution vigoureuse, resté jeune grâce à une douche cellulaire ; sa tignasse rousse ressemblait à la brosse sur le crâne de Reginald Bull. Dans ses yeux brillait cet éclat intemporel qu'il avait en commun avec tous ceux qui n'ont pas à craindre la mort ni le vieillissement.

— Nous allons revêtir des scaphandres légers, dit Rhodan, et ensuite nous nous rendrons dans le sas principal. Je ne sais pas si le télécom fonctionnera, mais soyez sans inquiétude. Nous sommes en bonnes mains.

Lorsque Rhodan et ses compagnons furent prêts, ayant endossé leurs équipements, ils « entendirent » la voix sous forme d'impulsions :

— *Perry Rhodan !*

— Nous attendons dans le sas. Que nous faut-il faire ?

— *Sortir du sas !*

Rhodan enfonça le bouton de l'intercom. Le visage soucieux de Sikerman apparut sur le petit écran.

— Faites ouvrir le sas, demanda Rhodan, et refermez-le dès que nous serons sortis.

— A vos ordres, commandant !

La voix de Sikerman trahit son inquiétude, mais

le vieux soldat s'interdit toute question intempestive.

L'entrée intérieure du sas fut verrouillée par des mains invisibles. Les pompes à air entrèrent en action en même temps que les appareils à oxygène des scaphandres commençaient à fonctionner. Lorsque l'air du sas fut évacué, les vantaux extérieurs du sas s'écartèrent, Rhodan et ses deux compagnons avancèrent jusqu'au bord et attendirent en silence. Devant eux s'étendait l'infini du cosmos. Par-delà un gouffre sans bornes scintillaient des millions d'étoiles. Chacune d'elles possédait des planètes dont quelques-unes seulement étaient peuplées d'intelligences ; elles étaient cependant assez nombreuses pour exclure tout sentiment de solitude au milieu de cette immensité.

En vain, Rhodan scrutait l'Eternité pour découvrir une trace de Wanderer ; sous ses pieds, il distinguait une nébuleuse en forme de spirale dont la distance était incommensurable. Une autre Voie lactée, semblable à la sienne et de laquelle il ne connaissait encore qu'une partie infime ? Quelles étaient ses limites cosmiques ?

— *Sortez du sas !*

L'ordre était venu subitement. Sengu et le mulot jetèrent à Rhodan un regard interrogateur. Le Stellarque leur fit signe et bondit dans le vide, planant au milieu du fourmillement stellaire. L'Emir lui avait emboîté le pas, entraînant Sengu pour brusquer la décision du Japonais. A trois cents mètres environ du *Drusus*, les trois aventuriers se trouvèrent réunis. Il était temps que l'Immortel s'occupât d'eux, et il se fit entendre :

— Je viens vous chercher. Dans quelques secondes vous aurez passé la protection énergétique et alors vous pourrez voir ma planète.

Cette fois-ci, la voix était parfaitement nette. Aux yeux des Terraniens, le *Drusus* sembla accélérer et diminua rapidement de taille. Ce n'était qu'une illusion d'optique due au champ de gravitation qui attirait les corps de Rhodan, de Sengu et de L'Emir. De nouveau, ceux-ci pouvaient distinguer entre le haut et le bas et constater leur mouvement descendant. Ils franchirent enfin la couverture neutralisante et, du coup, l'aspect de l'Univers tout entier se trouva complètement modifié.

Un soleil brillait, qui n'était qu'une création artificielle, conçu spécialement pour éclairer Wanderer. Il se trouvait exactement au centre du ciel énergétique et illuminait un paysage qui semblait être la réalisation d'un rêve de poète.

La descente des trois visiteurs se poursuivit lentement, et ils finirent par voler parallèlement à la surface, au-dessus d'une plaine infinie dont l'horizon n'offrait aucune courbure. Et puis, ils virent la ville.

Rhodan savait que ses habitants n'étaient pas des créatures vivantes, que sa population était la matérialisation fantastique d'êtres sortis de l'imagination de l'Immortel. Aussi était-il possible que, pour une fois, la cité fût vide et inhabitée. Certains immeubles n'étaient plus les mêmes. Rhodan eut l'impression que, d'une manière générale, tout était changé. Cet univers de rêve était soumis aux fantaisies et aux désirs toujours changeants de son créateur. A faible altitude, ils survolaient maintenant des coteaux boisés et se rapprochaient de la ville. Ils finirent par atterrir sur une vaste plaine située à l'orée de la cité. A ce moment, l'Immortel relâcha son emprise et ils récupérèrent leur poids terrestre. Rhodan estima la pesanteur égale à celle de la Terre.

— Perry Rhodan !

Ils sursautèrent, car ils ne virent personne, sauf une boule translucide de dix centimètres de diamètre, dans le ciel bleu. On eût dit Harno, qui était resté auprès du maréchal Freyt, à Terrania, pour le tenir au courant du séjour du Stellarque.

— J'ai adopté cette forme en raison de sa facilité et parce qu'elle n'exige pas beaucoup d'énergie. Mes moyens sont limités. Suis-moi, Perry Rhodan. Que tes amis attendent sur place.

Rhodan fit un signe de tête à l'intention de Sengu et de L'Emir, avant de suivre la boule qui le précédait à la hauteur de sa tête et se dirigeait vers une coupole rappelant celle du palais du Physiotron.

— Je commence à me poser des questions, avoua Rhodan, et à me demander à quoi bon tant de mystères.

— Il n'y a de mystères que pour celui qui ignore, fut la réponse.

Rhodan se demanda si elle avait été prononcée ou simplement formulée en pensée car il l'avait perçue aussi nettement que si elle avait émané d'un interlocuteur normal.

— Tout ce que je sais, je te le dirai. Mais si je connaissais tout, je n'aurais pas eu besoin de t'importuner. Dans le cosmos se déroulent des événements qui échappent à la logique. Grâce à toi, j'espère trouver des solutions.

— Dans le cosmos ? interrogea Rhodan alors qu'un vaste portail s'ouvrait devant lui.

Précédé de la boule, il s'engagea dans une vaste salle, avant de terminer sa question :

— ... Ou dans la Galaxie ?

Au-dessus de sa tête brillait une coupole d'un éclat argenté. La salle était vide, mais un siège unique se trouvait juste sous le faisceau de la lumière diffuse. Ce siège semblait vivre car, à l'approche de la boule et de Perry Rhodan, il se plaça tout seul dans la meilleure position pour accueillir son hôte.

— Il s'agit du cosmos ! reprit la voix silencieuse mais nette, pendant que Rhodan s'installait sur le siège. Nous avons à parler, Perry Rhodan. Je dois ménager mes forces. C'est par hasard que j'ai appris le péril épouvantable qui nous menace et dont j'ignore encore la nature. D'après ce que je sais, les Barkonides ont déjà succombé.

— Les Barkonides ?

Rhodan crut avoir reçu une décharge électrique. Un jour, l'Immortel l'avait invité à une promenade dans l'Infini, un voyage de rêve qui s'était déroulé à bord d'un navire qui se déplaçait à une vitesse de plusieurs milliards d'années-lumière et qui les avait conduits dans l'espace noir entre les voies lactées, là où ils avaient rencontré les Barkonides. Ils avaient eu l'occasion de préserver la planète Barkonis d'une destruction certaine. Et maintenant ?

— Comment sais-tu que les Barkonides ont succombé à un péril inconnu si tu ignores lequel ?

— Ne demande pas quels sont mes moyens de connaissance, tu ne pourrais pas les comprendre. De toute façon, il n'y a plus d'impulsions en provenance des Barkonides ; ils n'ont donc plus de conscience. Autrement dit, ils sont morts.

Rhodan contempla la petite boule scintillante et se dit qu'elle était la manifestation de l'être le plus puissant et le plus fantastique de tous les temps. Sa situation était vraiment inouïe.

— Et leur planète errante, Barkonis, qu'est-elle devenue ?

— Je suis sans nouvelles d'elle, Perry Rhodan. Des êtres vivants et pensants, je les contacte facilement. Mais des planètes, non.

— C'est dire que tu as perdu Barkonis ? Comment la retrouver jamais, si tu en as perdu la trace. Une planète isolée, nageant dans l'infini entre les galaxies...

— Si, vous découvrirez Barkonis, car je mettrai à votre disposition un vaisseau unique comme il n'en a jamais existé. Il aura la vitesse que tu désireras. Sa proue est équipée d'un appareil détecteur qui ne s'enclenche qu'en espace intergalactique. Même si j'ignore où se trouve actuellement Barkonis, le vaisseau la trouvera.

— Et si nous nous perdons dans l'Eternité ?
observa Rhodan.

— Ne t'ai-je pas dit que je contacte n'importe
où des êtres vivants ? Tant que vous serez en vie,
je capterai vos ondes cérébrales et, par conséquent, pourrai déterminer la présence de votre
vaisseau. Ne craignez pas de vous perdre en route.

— Je comprends, dit Rhodan. quant au vaisseau, il sera téléguidé ?

— Au début seulement, mon ami, et pour vous
mettre approximativement sur la piste. Ensuite, il
sera libéré et c'est sa tête chercheuse qui entrera
en action. Il faudra pourtant corriger l'itinéraire
pour vous poser sur Barkonis. A partir de ce
moment, vous agirez sur votre seule initiative.
Lorsque vous aurez débarqué, le vaisseau décol-
lera et attendra dans l'espace votre ordre pour
revenir. Une fois de retour, vous aurez dix
minutes pour embarquer. Passé ce délai, il repar-
tira avec ou sans vous. Ne l'oublie pas, Perry
Rhodan, si tu désires revenir sain et sauf.

Rhodan regarda pensivement la boule scintillante.

— C'est tout ce que tu peux m'indiquer ? Est-ce
moi qui devrai constater ce qui s'est passé sur
Barkonis ?

— Oui, bien entendu ! Et si possible, tu devras
intervenir pourvu qu'il ne soit pas trop tard.
L'absence d'impulsions m'inquiète. Serait-il possible qu'il n'y ait pas de survivants ?

— S'il en était ainsi, notre intervention n'aurait
pas de sens, répondit Rhodan. D'ailleurs, lorsque,

en son temps, nous nous sommes rendus chez eux, j'ai observé la grande sympathie que tu éprouves pour les Barkonides alors qu'en général tu ne t'occupes nullement des autres intelligences vivant dans la Voie lactée.

— Les Barkonides sont, à tous égards, un peuple hors du commun, expliqua l'Immortel. Rien que leur tentative de diriger une planète dans l'Infini dépourvu d'étoiles mérite notre sympathie.

— Tu me réponds à la manière d'un diplomate qui parle pour ne rien dire, observa Rhodan dont le visage se rembrunit.

— Nous perdons un temps dont je ne suis plus le maître, reprit l'Immortel, sinon je pourrais simplement rechercher les Barkonides dans le passé et détourner l'avenir qui les menace. Va, mon ami, tes compagnons t'attendent, et le vaisseau aussi.

Peu à peu, la boule se décolorait tout en s'élevant vers la haute coupole ; elle grandit en même temps, devint transparente et disparut.

Rhodan quitta la salle. Devant la porte qui s'ouvrit toute seule, il jeta un regard en arrière. Le siège sous la coupole n'était plus là, la salle paraissait absolument vide. L'Immortel était économe de son énergie, car toute matière qu'il créait était énergie qu'il récupérait en retransformant les solides. Dehors, Rhodan distinguait, éclairé par le soleil artificiel, un cylindre argenté d'environ dix mètres de long et d'un diamètre de trois mètres. Le nez en était arrondi et transparent, mais la poupe finissait en pointe. Un trou d'homme assurait l'accès à un petit sas. Tout près de là, Sengu et L'Emir attendaient, visiblement décontenancés.

— C'est un drôle de seigneur, pépia le mulot, fort mécontent. D'abord il s'amuse à faire mon sosie et à présent il fabrique cette fusée du néant. Qu'est-ce que c'est ? Est-ce un cadeau ?

— Comme on voudra, répondit Rhodan qui caressa le métal lisse et froid. En tout cas, nous allons y prendre place et entreprendre une promenade. Les Barkonides sont en difficulté ; il s'agit de les en tirer.

Le mulot ne cacha pas son appréhension, mais Sengu emboîta sans la moindre hésitation le pas à Rhodan. Le trou d'homme s'ouvrit devant les astronautes, se referma sur eux. Du sas, ils passèrent dans l'unique pièce du bâtiment, la salle des commandes qui en occupait un peu plus de la moitié. Le reste était sans doute réservé aux propulseurs dont Rhodan ne devinait pas la nature.

La partie antérieure de la pièce était transparente et permettait une vision de plus de cent quatre-vingts degrés, à l'exception de la partie centrale de la proue. Le mulot était ravi de découvrir un divan, son meuble préféré, et il s'y jucha incontinent tout en louant les bonnes intentions de l'Immortel. Rhodan et Sengu trouvèrent deux fauteuils confortables placé dans le nez arrondi du gaillard d'avant. Une fois assis, ils avaient l'impression de se trouver en plein air. Ils ne purent identifier la matière transparente, à la fois mince et résistante, dont était faite la proue, et dont le toucher rappelait le verre.

Sans la moindre secousse, le paysage et la ville rapetissaient sous leurs pieds ; on eût dit que ce n'était pas la fusée, mais la planète Wanderer qui était en mouvement. L'horizon s'élargissait de plus en plus, puis ils passèrent à travers le dôme énergétique. Un instant plus tard, le paysage montagneux, avec ses rivières et ses vallées, avait disparu, absorbé par des champs miroitants qui les dérobaient aux regards de quiconque venant de l'extérieur. A la place de la planète, les trois voyageurs ne voyaient plus que les constellations étranges d'une partie inconnue de la Voie lactée. A leur droite, ils virent fuir une petite étoile luisante que Rhodan put identifier comme étant le *Drusus,* distant d'environ vingt kilomètres.

Wuriu Sengu paraissait soucieux.

— Nous voici dans un vaisseau propulsé on ne sait comment vers un but inconnu ; nous n'avons pas de carte stellaire et sommes à la merci de l'Immortel qui nous a déjà joué des tours.

— Cette fois-ci, il nous a chargés d'une mission à laquelle il tient, répondit Rhodan. Je me sens plus en sécurité dans ce petit vaisseau qu'à bord du *Drusus*.

— Je veux bien, piailla le mulot, mais est-ce qu'*il* a pensé à notre nourriture ?

— Je parie qu'il a tout prévu, dit Rhodan, tu n'as qu'à chercher.

La situation de Perry Rhodan n'était pas simple. Lui qui avait l'habitude de superviser, de tout

128

diriger, de consulter cadrans et détecteurs, était enfermé dans un minuscule véhicule spatial, sans appareils de bord et sans équipage, qui se déplaçait par des moyens mystérieux. Soudain, les étoiles alentour se mirent en mouvement, au grand désarroi de Sengu. Rhodan lui-même ne put cacher son émotion.

— Nous avons dépassé la vitesse de la lumière, dit-il. C'est la première fois que je vis cet événement. Lors de ma visite à Barkonis, je volais également à pareille vitesse, mais l'Immortel était présent à mes côtés et le voyage était un enchantement.

— Si les étoiles bougent, nous volons à une vitesse plusieurs fois supérieure à celle de la lumière, constata pensivement Wuriu Sengu, et je me demande s'il n'y a pas d'effets secondaires, des décalages de temps, d'accumulations de masse…

— Je ne pense pas que nous ayons à craindre quoi que ce soit, dit Rhodan. Ce vaisseau, si l'on peut employer ce terme, est la matérialisation d'une pensée de l'Immortel. C'est un phénomène scientifique que nous n'avons pas le moyen d'analyser ; mieux vaut en jouir très simplement. Ce que je regrette cependant, c'est l'absence d'un compteur de vitesse. Il serait intéressant de savoir à quelle vitesse nous nous déplaçons.

Pendant la courte durée de cet entretien, l'allure des étoiles s'était encore accélérées. Les constellations se transformèrent bizarrement en même temps qu'elles se raréfiaient. Cependant,

129

dans le lointain et tout droit devant la proue du vaisseau, les soleils se pressèrent, s'accumulèrent et finirent par former un nuage blanc percé ici et là de trous noirs.

— Ce n'est pas croyable ! cria le mulot de sa petite voix.

Il arracha les deux hommes de leur contemplation admirative devant ce grandiose spectacle.

— Il a même pensé à mes carottes !

Rhodan se retourna et vit le mulot tenant dans une patte une botte de carottes fraîchement cueillies et dans l'autre patte un filet rempli de boîtes de conserve.

— De la viande et de la bière fraîche pour ces messieurs, pépia-t-il triomphalement.

Rhodan regarda Sengu.

— Avez-vous pensé à de la bière ? demanda-t-il amusé.

— A l'instant même, oui, commandant, lorsqu'il avait été question de nourriture !

— Eh bien, cela prouve que nous ne sommes ni seuls ni abandonnés ! constata Rhodan avec une satisfaction évidente, son inquiétude secrète subitement apaisée.

— Ah, ça, par exemple ! s'exclama L'Emir, sommes-nous dans un manège forain ?

Le spectacle était en effet fantastique. Au cours des dernières minutes, leur vitesse avait tellement augmenté que les étoiles se présentaient désormais comme des traits lumineux qui se raréfiaient au fur et à mesure que le temps passait. Très loin devant eux, dans l'axe de leur course, se dessinait une tache sombre, vaguement sphérique et dont le bord semblait formé d'étoiles apparemment immobiles dans l'Univers, car elles se trouvaient exactement dans leur ligne de vol. En revanche, les corps célestes à leur gauche et à leur droite avaient l'apparence d'étoiles filantes.

Au centre de la tache noire se détachait une nébuleuse blanchâtre que Rhodan identifia comme étant celle d'Andromède. Ils se trouvaient donc aux limites de leur propre galaxie et s'approchaient à une vitesse inouïe du gouffre immense séparant deux voies lactées voisines.

— Il n'est pas question de manège, expliqua Rhodan. Bien au contraire, notre vol est rectiligne et se poursuit comme un rayon de lumière, cependant infiniment plus rapide, si bien que même des ondes radio seraient incapables de nous atteindre.

— La propulsion linéaire devrait être en mesure de nous permettre de telles vitesses...

— Je l'espère. Les essais pratiques nous l'apprendront. Mais il nous faudra encore quelques décennies avant de réaliser le premier prototype.

Wuriu Sengu était angoissé à l'idée de plonger dans un espace sans lumière, noir. Rhodan le rassura :

— Nous verrons d'autres lumières, celles de milliards d'étoiles qu'une distance incommensurable réduit en un seul point brillant qui, en réalité, n'est qu'une autre Voie lactée où vivent d'autres intelligences qui, peut-être en ce moment même, dirigent leurs instruments d'observation sur notre galaxie et constatent que celle-ci n'est qu'un minuscule point lumineux malgré ses milliards de soleils et de planètes habitées.

Sengu s'était retourné et avait jeté un regard vers l'arrière.

— Mon Dieu, est-ce possible ? Serait-ce là-bas notre Voie lactée ?

En effet, la gigantesque nébuleuse blanchâtre rapetissait à vue d'œil derrière eux et semblait s'engloutir dans un vide sans fond. Mais, devant eux, l'image de l'autre nébuleuse était immobile, tellement la distance était grande. En l'observant avec effort, on pouvait distinguer, en son centre, une forme elliptique épaissie vers le milieu.

La grandeur du spectacle privait les deux hommes et même L'Emir, d'ordinaire si loquace, de toute parole. Recueillis et silencieux, méditatifs, ils vivaient intensément des heures privilégiées.

Le cosmos était vide, noir, mort. La Voie lactée avec son système solaire n'était plus qu'une fumerolle blanchâtre, une espèce de spirale au bord d'un horizon illimité. La nébuleuse d'Andromède paraissait toujours aussi lointaine, à peine plus grande que trois heures terrestres auparavant. La grandeur unique de leur aventure impressionnait les trois voyageurs.

Et puis, Rhodan eut l'impression de ressentir une secousse à peine perceptible, en même temps que la nébuleuse d'Andromède se déplaçait vers la droite. Il y eut une seconde secousse et plus rien...

— Le vaisseau a changé de cap ! constata Wuriu Sengu.

Et Rhodan confirma.

C'était donc maintenant seulement que les instruments goniométriques du vaisseau étaient entrés en action, ainsi que l'avait annoncé l'Immortel. Ils découvraient la planète Barkonis qui avait, des centaines de milliers d'années auparavant, entraîné son soleil pour quitter sa Voie lactée. Ses habitants, les mystérieux Barkonides, avaient entrepris la téméraire expérience d'abandonner leur système et d'intégrer la Galaxie.

Cela s'était passé voici soixante ans terrestres. Depuis ce temps, la planète errante ne pouvait guère avoir franchi plus de dix ou vingt années-lumière. Comment le savoir ? Et quelle était sa distance actuelle ?

Il était remarquable qu'aucune sensation de fatigue ne se fît sentir, en dépit de l'absence de tout sommeil. Les voyageurs s'étaient restaurés avec la nourriture qu'ils avaient trouvée à bord.

Trente minutes passèrent encore, sans que leur vaisseau semblât s'être déplacé dans ce grand vide sans fond. Et puis Sengu annonça :

— Regardez, là, devant nous...

La planète s'inséra latéralement dans le sens de leur course. Comme nul soleil ne l'éclairait, il était difficile de la voir ; une faible lumière grisâtre distinguait sa surface du noir environnant. Rhodan constata avec une certitude presque douloureuse que cette clarté faiblarde était due à de la neige. La planète approcha rapidement, le vaisseau ralentit de plus en plus, le cap sur Barkonis.

Peu à peu, leurs yeux s'habituaient à l'éclairage crépusculaire qui n'était que le reflet affaibli de lointaines galaxies parmi lesquelles celle de la Terre, toujours encore visible comme une tache claire, haut sur l'horizon derrière leur poupe. Le vaisseau accomplissait un virage et s'abaissait vers le sol.

— Nous atterrissons, clama le mulot, mais tout est gris ; qu'est-ce que c'est ?

— C'est de la neige, mon petit ami, répondit Rhodan. Il semble que les sources de chaleur destinées à remplacer le soleil manquant n'aient pas la force escomptée. Les Barkonides se sont retirés sous terre comme prévu. Mais la neige ?

Il se tut car la neige, il le savait, n'avait pas été prévue.

Le vaisseau se posa tout près de l'équateur aussi recouvert de neige que les deux pôles. Rhodan contempla la solitude sans fin d'un paysage blanc, sans aucun signe de vie, dont l'horizon se détachait sur un ciel noir où l'on pouvait distinguer vaguement les ombres de quelques galaxies, peut-être des reflets atmosphériques.

Atmosphère ?

Dans le vaisseau n'existaient pas d'instruments pour constater l'absence ou la présence d'atmosphère. Ce qui était certain, c'est que Barkonis avait possédé une atmosphère respirable. Rhodan

134

scruta le ciel. Il lui sembla que l'image de la nébuleuse d'Andromède était anormalement claire.

Etait-ce parce que...

Mais non, c'était tout à fait improbable. Les Barkonides qui avaient trouvé le moyen d'extirper leur planète de la gravitation exercée par leur soleil, étaient sûrement en mesure de prévenir l'extinction de leur atmosphère. Le froid dehors devait être trompeur. Si la vue paraissait plus claire, elle l'était en comparaison de celle que l'on pouvait avoir sur la Terre.

— Je crains que nous ne soyons obligés de sortir dans le froid, dit Perry Rhodan.

Sengu frissonna à cette seule idée. Quant à L'Emir, il rabattit son casque transparent et brancha le chauffage dont étaient équipés les scaphandres.

— N'oublions pas ce qui nous reste de conserves, dit Rhodan. Mettez-les dans ce sac... Mais d'où vient-il, ce sac ?

Personne ne sut répondre. Ils le remplirent de provisions et Sengu s'en chargea. Puis ils s'assurèrent de la présence de leurs armes énergétiques individuelles. A leur tour, Rhodan et Sengu ajustèrent leurs casques, l'oxygène se mit à fuser artificiellement, le chauffage était réglable manuellement. Dès qu'ils eurent gagné le sas, l'accès de l'intérieur se verrouilla et presque en même temps celui de l'extérieur s'ouvrit ; le mulot faillit être aspiré par le vide, preuve que Barkonis ne possédait plus d'atmosphère.

Alors Rhodan comprit qu'un événement terrifiant avait dû se passer.

CHAPITRE III

Le dernier à sauter sur le sol de Barkonis fut Wuriu Sengu. La neige lui arrivait jusqu'aux chevilles. Le froid s'accentuait sensiblement, il fallait intensifier le chauffage des scaphandres. A juger d'après la position de la galaxie solaire, on devait être à la fin d'un après-midi.

Rhodan contempla le sol où devaient se terrer quelque part les Barkonides. Il avait assisté à leurs préparatifs pour se retirer sous la surface de leur planète, seul moyen, à leurs yeux, pour soutenir leur long périple à travers le néant.

— Le vaisseau ! cria le mulot effrayé.

C'était le premier son que les astronautes purent entendre dans leurs casques, depuis leur débarquement. Rhodan se retourna et fut surpris en constatant que le navire avait disparu. Puis il se rappela les paroles de l'Immortel selon lesquelles le véhicule reviendrait à sa première sollicitation — pour une seule et unique fois, c'est-à-dire pour quitter Barkonis définitivement, avec ou sans Rhodan et ses compagnons. Mais il n'était pas

137

question de quitter la planète sans avoir appris quel était le sort de ses habitants.

— Rassure-toi, mon petit mulot, le vaisseau reviendra à mon premier appel. Mais, dis-moi, quelles sont tes impressions ?

— Je n'en ai pas, Perry ! Aucune impulsion, rien. Je dirais qu'il n'y a pas âme qui vive dans ce désert glacé.

— Et d'en bas, de sous la terre, tu ne reçois rien non plus ?

— Des entrailles du sol ? Non, rien, absolument rien.

Rhodan se refusait à admettre, sans preuves valables, qu'une population entière pût être morte jusqu'au dernier de ses individus. Etait-il possible que la densité du sol planétaire fût impénétrable pour le cerveau du mulot, pourtant ultra-sensible ?

— Et vous, Sengu, voyez-vous quelque chose ?

Le regard du Japonais traversa la neige et s'enfonça mètre par mètre dans les profondeurs du sol. Rhodan ignorait les limites de cette faculté singulière. Finalement, Sengu leva la tête.

— Rien, commandant ; jusqu'à une profondeur de mille mètres il n'y a rien.

Mille mètres, cela ne signifiait pas grand-chose, puisque les machineries qui propulsaient la planète, Rhodan le savait, étaient à cinq mille mètres de profondeur. Mais avant de continuer les fouilles télépathiques, Rhodan désirait inspecter la surface de Barkonis, ce qui n'avait pas été possible à partir du vaisseau. Par ailleurs, leurs yeux s'étaient accoutumés à l'éclairage crépusculaire qui régnait sur la planète.

— L'Emir, nous allons procéder par bonds de cinquante kilomètres en direction de l'est.

Le mulot soupira en recevant cet ordre. En effet, s'il lui suffisait de saisir les mains de ses compagnons pour les téléporter avec lui à travers l'hyperespace, une telle surcharge lui imposait une dépense d'énergie supplémentaire considérable.

Ils exécutèrent successivement une vingtaine de bonds sans que le paysage changeât d'aspect. Seule, la nébuleuse de Sol se déplaçait à l'horizon. Partout, une épaisse couche de neige recouvrait le sol, reste de l'atmosphère de Barkonis. Sengu constata que la couche neigeuse était d'épaisseur très variable, allant de cinquante mètres à deux ou trois seulement ; qu'il y avait des congères, preuve de tempêtes violentes qui s'étaient apaisées dans l'atmosphère de plus en plus raréfiée et avaient fini par disparaître.

La neige était gelée, mais à la surface subsistait une couche mince et poudreuse qui ne pouvait qu'être récente.

Ils avaient exploré la moitié environ du périmètre de la planète et s'apprêtaient à effectuer un nouveau bond, lorsque Sengu s'écria :

— Je ressens la présence d'ondes mécaniques !

Rhodan n'était pas au courant de cette capacité du mutant japonais. Interrogé, Sengu déclara que ses nerfs optiques étaient sensibles à de telles impulsions et les traduisaient par des défauts de vision caractéristiques.

— Qu'appelez-vous des ondes mécaniques?

— Il s'agit de machines, mais qui ne travaillent plus. Peut-être sont-ce les ultimes radiations de dispositifs atomiques hors d'usage.

Rhodan réfléchit. Si cette supposition était exacte, cela voulait dire que la mise au repos des machineries était récente, que dans les locaux souterrains le refroidissement était lent et permettait peut-être à quelques Barkonides de survivre?

A la surface, la neige avait englouti villes et villages. Si la vie existait, cela ne pouvait être que dans les profondeurs du sol. La capitale... Rhodan se creusait la mémoire.

— L'Emir, nous changeons de direction et d'amplitude. Nous irons vers le nord par bonds de trois mille kilomètres.

Le résultat fut nul; Sengu ne reçut plus de signaux. Ils effectuèrent trois autres bonds... et ce fut la révélation, la grande ville!

Il était facile de la reconnaître. Ses contours se dessinaient nettement sous la couche de neige relativement mince, de cinq à dix mètres tout au plus. Les bâtiments les plus élevés perçaient le linceul blanc et certifiaient la présence de l'ancienne capitale.

— L'Emir, où en es-tu?

— Rien, Perry, ici, il n'y a pas âme qui vive.

En effet, tout être pensant émet des ondes cérébrales et le mulot les enregistrait infailliblement. Leur absence signifiait absence de vie.

— Et vous, Sengu?

140

— Rien, commandant, pas de signaux, il n'y a rien à voir.

Rhodan luttait contre le découragement, contre la terrible sensation que dans le cosmos entier, dans cette désolation infinie, n'existaient que trois êtres vivants, lui, Sengu et L'Emir. On pouvait, bien sûr, envisager un bond dans les entrailles de la planète. Mais que de périls inconnus et imprévisibles ! Il se rappela.

— A cinq cents kilomètres à l'ouest, se trouve l'accès au monde souterrain. J'y suis allé une fois, déjà. De là, un tunnel mène au poste central de commandes qui dirigeait la production d'air et de nourriture.

Le mulot saisit les mains de ses compagnons :

— Essayons toujours, ici, nous n'avons rien perdu.

Perdu, c'était bien le mot qui convenait. Barkonis paraissait bien perdue, et toute vie avec elle.

Le premier bond les transporta de nouveau dans des champs de neige désertiques. Après le quatrième, l'attention de Rhodan fut attirée par la cime neigeuse d'une montagne assez proche qui camouflait en partie la Voie lactée, de nouveau visible. Ils se rendirent au pied de la montagne.

— Je crois que c'est ici. Le tunnel s'enfonce progressivement dans le sol jusqu'à une profondeur de cinq mille mètres. Pas d'impulsions d'ondes, L'Emir ?

— Non, il n'y a pas signe de vie. Tout est mort.

— Non, pas tout !

C'était Sengu qui parlait, les yeux grands ouverts sur l'ouverture noire du souterrain.

— Des radiations à peine perceptibles, mourantes si l'on peut dire. Elles doivent provenir de piles atomiques qui produisent automatiquement de l'énergie jusqu'à épuisement de la matière fissile, même si les machines sont arrêtées.

— Qu'est-ce qu'il y a d'autre ?

— Je ne suis qu'à deux mille mètres de profondeur, répondit le mutant, rappelant ainsi que la pénétration de sa vue n'était que progressive et par ailleurs tributaire de lumière réfléchie, fût-elle très faible. Mais je vois des galeries et des couloirs sombres, non éclairés, leur équipement aussi est visible.

— Peut-être pourriez-vous donner à L'Emir des coordonnées qui lui permettraient de se transporter sur place ?

Sengu acquiesça de la tête sans détourner son regard.

— Cela sera possible, dit-il, cependant...

Il ne put terminer la phrase.

— Attention ! clama le mulot, le plus sensible des trois télépathes. Quelqu'un arrive !

Rhodan se retourna et scruta la direction que lui indiquait L'Emir. Mais, là-bas, comme partout ailleurs, le paysage de neige était vide. Le mulot, décontenancé, baissa le bras.

— Est-il possible que je me sois trompé ? Là-bas, il y avait quelqu'un qui pensait, je ne sais pas quoi, mais il pensait !

— D'ordinaire, tu es capable d'analyser ce que tu ressens et cette fois-ci il n'en est rien.

— C'étaient des impulsions sans signification précise, plutôt hostiles, sans plus. Ah, les voilà de nouveau ! Plus fortes, plus proches !

Avec étonnement, Rhodan observait que les poils sur la nuque du mulot se dressaient d'épouvante. Or, L'Emir était d'une intrépidité à toute épreuve. Le danger était donc extrême.

Sengu avait cessé de scruter les profondeurs. Il s'était placé à côté du mulot, prêt à le saisir au premier signe du Stellarque. Mais, pour l'instant, rien ne se passait. Rhodan regarda toujours dans la direction désignée par L'Emir, mais n'y distinguait rien.

— Le voilà tout près, chuchota le mulot d'une voix rauque. Et il pense.

Maintenant, Rhodan aussi ressentait quelque chose. Quelque chose qui s'insinuait dans son esprit et exerçait une pression nettement sensible, douloureuse même, quoique supportable.

Quelqu'un essayait de s'emparer de sa conscience, mais qui ?

Devant lui, le champ de neige était immaculé. Pourtant, à quelques mètres de là, devait se tenir l'inconnu, l'être invisible. Aucune trace dans la neige. Sous l'effort, les yeux de Rhodan se mirent à larmoyer. Ses maux de tête augmentaient.

— Essaye la kinésie ! suggéra-t-il au mulot.

Celui-ci hocha la tête. Il concentra son esprit sur la matière invisible tout près de lui et frappa.

Le coup frappa dans le vide. La douleur persistait.

Un instant, Rhodan pensa recourir à son arme irradiante, puis se rendit compte du ridicule de cette idée : viser l'invisible.

Le mulot était désolé.

— Je n'arrive pas. Je vais essayer un contact télépathique. Mais on me résiste. Pourtant, la distance n'excède pas dix mètres, au maximum.

— Quelle est la taille de l'inconnu ? demanda Rhodan.

— Je ne ressens que sa résistance cérébrale. On le dirait dépourvu d'un corps tel que nous le concevons.

Un moment, Rhodan pensa aux Droufs. Mais si ceux-ci étaient invisibles, c'était en raison du décalage dimensionnel de leurs espaces respectifs. Or, ce n'était décidément pas le cas présent. Il recourut à ses propres capacités télépathiques, au demeurant faibles, et sentit nettement la résistance, par ailleurs indéfinissable.

Soudain, les maux de tête cessèrent.

— Son attaque mentale s'est arrêtée, chuchota L'Emir. Ses réserves énergétiques semblent inférieures aux nôtres. Sa tentative de nous imposer sa volonté a échoué.

— Est-il seul ? demanda Rhodan.

L'Emir n'avait pas encore envisagé une telle possibilité. Son angoisse s'était calmée, mais il restait soucieux. Après un silence, il répondit :

— Non, ils sont plusieurs, ils se rapprochent de différents côtés.

144

Mais rien, absolument rien n'était visible, pas d'ombres ni traces de pas dans la neige.

Sur un signe de Rhodan qui avait saisi une main de L'Emir, Sengu en prit l'autre.

— En cas d'une nouvelle attaque, nous bondissons ! dit Rhodan.

L'attente ne fut pas longue.

Soudain, un éclair bleu jaillit du néant et frappa la neige aux pieds des trois Terraniens. La neige fondit et se mit à fumer.

— En route ! cria Rhodan.

L'Emir avait calculé son bond pour aboutir deux kilomètres plus loin à mi-hauteur du flanc de la montagne d'où ils purent voir l'endroit qu'ils venaient de quitter. Celui-ci était le théâtre d'un véritable feu d'artifice sous l'effet des rayons mortels qui y convergeaient. La neige s'était transformée en un petit lac dont les eaux bouillonnantes s'évaporaient en tout sens et parfois se solidifiaient aussitôt.

— Ils pensent que nous nous sommes rendus invisibles et essayent de nous anéantir, supposa Rhodan plein d'incertitude.

A la même seconde, l'attaque cessa. Les rayons énergétiques s'éteignirent, s'arrêtèrent. L'eau du lac se figeait en quelques instants et finit par ressembler à un œil en verre perdu par un géant dans la neige.

— Ils s'approchent de nous, chuchota L'Emir. Je ne pense pas qu'ils soient nombreux : cinq ou six, pas plus. Ils émettent des pensées. Sans doute ont-ils saisi nos ondes cérébrales et, nous ayant repérés, cessé leur attaque inutile.

— En ce cas, ils se demanderont comment nous avons pu nous déplacer avec une telle vitesse, observa Rhodan non sans une secrète satisfaction. Sont-ils rapides ?

— Non, pas très, répondit L'Emir. Un homme en train de courir serait déjà arrivé.

Comme hypnotisés, ils regardèrent en direction du lac artificiel d'où venait le danger. Rien n'y bougeait, pas le moindre nuage de neige n'indiquait le mouvement d'un être vivant. Et, soudain, Rhodan ressentit de nouveau les maux de tête lancinants.

— Quelles sont ces créatures ? souffla-t-il. Ils sont invisibles, ils n'ont pas de corps ; ils sont télépathes, mais incapables de deviner nos pensées, sinon ils auraient eu connaissance de notre bond téléporté. Ils n'essayaient pas d'entrer en communication, mais agressent carrément pour tuer.

— Ah, si je pouvais mettre la main au collet de l'un d'entre eux, gémit le mulot. Mais comment attraper quelqu'un qui n'existe pas ?

— Ils existent, expliqua Rhodan, mais d'une manière différente de la nôtre, inimaginable pour nous. Où sont-ils ?

La réponse vint sous forme d'une attaque. Un premier rayon énergétique rata son but. L'Emir n'attendit pas le second pour bondir et, cette fois-ci, à une distance de dix kilomètres, au sommet de la montagne. Ils se trouvaient sur un petit plateau

146

recouvert de glace, mesurant environ vingt mètres carrés, à quatre mille mètres d'altitude. Grâce à leurs scaphandres autonomes, les trois Terraniens n'éprouvaient aucune gêne du fait de l'altitude.

Si leurs invisibles agresseurs voulaient les suivre à pied, ils auraient fort à faire — mais s'ils disposaient soit d'avions, soit d'armes à distance ?

— Tu reçois leurs signaux ? demanda Rhodan à L'Emir.

Le mulot secoua la tête.

— Non, rien. Leurs ondes cérébrales sont de courte portée ; comment expliquer cela ?

La présence des Invisibles bouscula complètement les prévisions de Rhodan. Il avait pensé à quelque cataclysme, ou encore à des pannes survenues aux machines. Mais, en réalité, quelqu'un — ou quelque chose — était venu du néant et avait conquis cet univers. Venu du néant, mais d'où ?

Existerait-il des êtres capables de franchir plus de cent mille années-lumières ? Théoriquement, ce n'était pas impossible. Jusqu'ici, on avait effectué des bons de trente mille années-lumière dans l'hyperespace. Mais personne n'avait encore osé s'aventurer dans l'espace intercosmique.

— Sengu, faites un effort, demanda Rhodan.

La vue était libre de toutes parts. Le paysage crépusculaire et vide s'étendait sans obstacle jusqu'à l'horizon incertain, à l'exception de quelques rochers représentant le sommet à proprement parler. Et pourtant, le danger était réel et les guettait.

— Je vois des couloirs assez larges qui mènent à l'intérieur de la montagne. Il y a personne. Quelques véhicules par-ci par-là, pour ainsi dire oubliés. Il y a aussi une haute salle voûtée à partir de laquelle d'autres galeries s'enfoncent dans toutes les directions. Laquelle voulez-vous que je suive ?

— Celle où il y a des rails, si mes souvenirs sont exacts.

— Oui, dans un couloir il y a des rails noyés dans le sol ! confirma le Japonais.

Il y eut un silence. Subitement, Rhodan ressentit de nouveau les maux de tête avertisseurs. Le mulot s'agita.

— Ils approchent rapidement, cria-t-il, ils viennent de l'air !

Sengou et Rhodan saisirent chacun une main de L'Emir. Avant même de se demander quel était le mode de transport des autres, ils furent repérés et attaqués. Un éclair surgit du néant et coupa la glace épaisse du plateau. Rhodan eut la présence d'esprit de suivre la trace de la décharge. Le sillon était droit, ne changea pas d'angle d'incidence, traversa à une vitesse inouïe le plateau et se perdit le long du flanc de la montagne.

— Ils s'éloignent, chuchota le mulot, mais les revoici !

Il était évident que les Invisibles se servaient d'un appareil lui aussi invisible qui, volant en cercle, s'apprêtait à revenir en vue d'une seconde attaque.

— Partons ! commanda Rhodan.

Et L'Emir, qui avait prévu la manœuvre, s'exécuta aussitôt.

Cette fois-ci, ils se rematérialisèrent à une distance de mille kilomètres, dans un paysage tourmenté de haute montagne, difficilement accessible à un véhicule aérien. Pour un temps, ils se sentaient relativement en sécurité.

— Au travail, Sengu, demanda Rhodan. Et toi, L'Emir, tu vas guetter les Invisibles et donner l'alerte à la moindre approche.

Rhodan était vaguement gêné d'être pour ainsi dire à la merci de ses deux amis dont il ne possédait pas les facultés remarquables, de rester innocupé pendant qu'eux, ils travaillaient. Il luttait contre un accès de découragement. Comment agir efficacement lorsque l'on est obligé de fuir constamment pour sauver sa vie alors qu'il faudrait sauver celle des Barkonides ? Ruminant de telles idées, il fit quelques pas sur le plateau lorsque son attention fut attirée par les formes curieusement régulières de certaines roches et notamment par une paroi parfaitement lisse et translucide — bien trop lisse pour n'être pas artificielle.

Un regard circulaire apprit à Rhodan que la vallée était moins inaccessible qu'elle ne le paraissait au premier coup d'œil. Y aurait-il ici un autre accès au monde souterrain ?

Sa supposition fut confirmée par Wuriu Sengu qui annonça :

— Je perçois de faibles impulsions, commandant. De plus, un tunnel s'enfonce dans les profondeurs à mille, deux mille mètres.

— Attention !

La voix de L'Emir trahit l'imminence d'un danger.

Instinctivement, Rhodan sortit son pistolet à laser, Sengu l'imita dans la seconde même. Il fallait cesser de fuir et faire front, prouver que l'on n'était pas sans défense.

— L'Emir, prends ton arme ! commanda Rhodan.

— Il est seul, répliqua le mulot tout en obtempérant ; oui, il est seul. Ses pensées n'expriment que la curiosité, je n'en puis dire plus.

— Peut-être une espèce de gardien ? opina Rhodan qui commençait à ressentir la douleur vrillante caractéristique.

Mais, encore une fois, il n'y eut pas de traces dans la neige. Et pourtant, quelqu'un approchait.

— A quelle distance est-il ?

— A vingt mètres ou...

Le mulot n'eut pas le temps de finir.

Un éclair bleu surgit à vingt-cinq mètres d'eux, mais le coup était trop court. Pendant que le Japonais se jetait par terre, Rhodan tirait sur le point où avait éclaté l'éclair. Le mulot, devinant la pensée de Rhodan, visa également le même endroit, suivi de Sengu qui tira à partir du sol. Les rayons énergétiques conjugués se heurtèrent à une résistance grâce à laquelle se dessinait une forme humanoïde. Sa consistance physique était donc assez substantielle pour réfléchir les rayons.

Et, soudain, pendant quelques secondes, se produisit l'incroyable.

Rhodan n'en crut pas ses yeux lorsque, à trente mètres de lui, la neige disparut, derrière les contours flamboyants de l'inconnu qui se matérialisa, prit corps.

— Arrêtez le feu! cria Rhodan qui se mit à courir, poussé par une pensée désespérée.

L'étranger aurait riposté si la contre-attaque l'avait laissé indifférent. S'il avait pris forme au point de cacher la neige, il devait être possible de se saisir de lui!

Effarés, Sengu et L'Emir observaient la scène et le dernier oublia même de scruter les pensées de l'étranger. Mais alors que Rhodan bondissait pour franchir les derniers mètres, l'apparence de l'inconnu faiblit, il devint peu à peu transparent, la neige derrière lui apparut de nouveau.

Rhodan arriva. Il avait jeté son arme. Ses mains s'agrippèrent à l'inconnu, rencontrèrent de la résistance, touchèrent quelque chose de mou. Un flot de haine envahit son cerveau et provoqua des douleurs insupportables.

Et puis, l'étranger se désincarna et glissa des mains de Rhodan. Il n'y eut pas de seconde attaque. Le flot cérébral s'affaiblit, s'éteignit.

Rhodan se pencha et ramassa son arme. L'Emir était stupéfait.

— Que s'est-il passé? Pas de téléport, pas de champ réflecteur. Pourtant, tu as pu le saisir et puis il a disparu de nouveau. Je n'y comprends plus rien...

151

— Rassure-toi, répliqua Rhodan, moi aussi, j'y perds mon latin. Toutefois, nous savons maintenant qu'ils ne sont pas invulnérables et que, sous le feu concentré de nos armes, ils deviennent visibles et prennent corps. Peut-être même sont-ils accessible à la douleur et qui sait, mortels, auquel cas ils se dématérialisent.

Le paysage silencieux sous le ciel infini dépourvu d'étoiles resta muet. Il n'y eut pas de réponse.

— La paroi, là-bas, est artificielle, continua Rhodan. Pouvez-vous voir ce qu'il y a derrière, Sengou ?

La réponse fut facile pour le Japonais.

— La paroi n'a qu'un mètre d'épaisseur, commandant. Derrière, il y a une vaste salle, on dirait une gare avec ses rails, ses aiguillages, ses véhicules. Un tunnel avec des rails mène dans les profondeurs. Il n'y a pas d'éclairage.

— Heureusement, nous avons des lampes de poche, déclara Rhodan. L'Emir, nous allons voir ce qui se passe à l'intérieur de Barkonis. A la surface, nous n'avons plus rien à perdre, sauf la vie. L'aventure de tout à l'heure, avec l'étranger, n'était que l'effet du hasard. Et je serais bien aise de sentir de nouveau un plafond au-dessus de ma tête. Ce ciel sans étoiles a quelque chose d'oppressant.

CHAPITRE IV

Le dernier bond n'avait eu qu'une portée de dix mètres, mais il avait permis de franchir le mur de roches qui bloquait l'entrée de la montagne. Sous l'éclairage de leurs lampes de poche brillaient des rails et de nombreux véhicules métalliques de toutes tailles ; les parois de la salle étaient lisses et brillantes. Le tout correspondait à la description du Japonais.

— Je ne reçois pas d'impulsions ici, expliqua le mulot, alors qu'à l'extérieur il y en avait, quoique faibles. Si le roc y fait obstacle, cela signifie qu'eux aussi ne peuvent rien capter ; ainsi sommes-nous peut-être en sécurité ?

— Nous le saurons bientôt, dit Rhodan, allons voir plus loin. Le tunnel est-il sûr, Sengu ?

— Autant que je puisse voir, oui.

— Bon, alors nous allons prendre un de ces wagonnets, ce qui nous permettra de voir où nous nous rendons. Pourvu que leurs propulseurs soient encore en état de fonctionner. Je me rappelle que leur commande est simple.

Ils choisirent un véhicule à quatre places. Le tableau de commande ne comportait que deux boutons, l'un pour la vitesse, l'autre pour le freinage. Un petit levier déclencha la lumière de deux projecteurs qui éclairaient la voie sur une distance d'environ cent mètres.

— Je reçois des signaux, mais faiblement, commandant! déclara Sengu au bout d'un certain temps. L'obstacle est encore loin, je ne sais où.

Ils avaient voyagé pendant presque une heure lorsque le Japonais déclara :

— Il faut freiner, commandant, le tunnel ne va pas plus loin, cinq cents mètres au maximum.

En effet, cinq minutes plus tard, les voyageurs se trouvaient devant une paroi ajustée avec une telle précision que même les rainures des rails étaient bouchées. C'est cette constatation qui permit à Rhodan de trouver la solution de l'énigme.

— Qu'y a-t-il derrière ce mur, Sengu, pouvez-vous voir quelque chose ?

— L'endroit est sombre, je vois mal, commandant. C'est une sorte de chambre fermée par un mur semblable à celui-ci. Peut-être un sas atmosphérique ?

C'est ce qu'avait pensé Perry Rhodan. Il quitta le wagonnet tout en laissant braqués les projecteurs.

— Normalement, son fonctionnement devrait être automatique. Mais peut-être existe-t-il un mécanisme de secours, sinon L'Emir aurait du travail.

Dans l'angle inférieur à droite, Rhodan trouva un volant et l'actionna. La paroi s'ouvrit en son milieu, les deux pans s'écartèrent et livrèrent passage au wagonnet. La deuxième paroi, elle aussi, était munie d'un volant de secours. D'abord, Rhodan referma la première porte ; il fallait faire vite pour sauter dans le sas avant que ne se referment les deux pans. L'opération n'allait pas sans risque puisqu'il ne savait pas s'il pourrait ouvrir la seconde porte. Mais, en cas de besoin, les aptitudes télékinésiques du mulot pourraient intervenir. Lorsque la deuxième paroi s'ouvrit, un courant d'air frais, venant du creux de la montagne, se fit sentir. Au bout de quelques secondes, Rhodan détacha le casque de son scaphandre.

— Méfie-toi, cria l'Emir, si l'air était empoisonné ?

— Il ne peut l'être, rétorqua Rhodan, car les Barkonides respirent l'oxygène comme nous. Soyez sans crainte et faites comme moi ; nous économiserons l'énergie de nos scaphandres.

Il faisait chaud dans le souterrain. L'air sentait le renfermé, mais était bon à respirer. Ils regagnèrent leur véhicule, le remirent en marche. Deux heures plus tard, Sengu annonça qu'il pouvait voir la surface et qu'ils se trouvaient à une profondeur de quatre mille mètres.

Au cours d'une brève halte, ils se restaurèrent avec ce qui leur restait de conserves, mais il n'y avait plus de boissons. La température ambiante plus élevée semblait indiquer la proximité de quartiers d'habitation — ou tout au moins leur emplacement. Cette idée fit frémir Perry Rhodan.

— L'Emir, reçois-tu des ondes cérébrales ? demanda-t-il.

Le mulot concentra toutes ses forces réceptrices, mais en vain.

— Il n'y a rien, Perry, rien. On dirait que nous sommes seuls dans ce monde, à part les Invisibles dont les ondes n'ont rien d'humanoïde. Si les Barkonides sont bien ce que tu dis, je devrais les trouver, mais il n'y a aucune impulsion.

Rhodan se refusait à l'idée qu'un agresseur quelconque pût anéantir jusqu'au dernier un peuple entier. Les Barkonides existaient depuis un million d'années, ils avaient pleuplé la partie majeure de la Galaxie et l'on supposait qu'ils étaient les ancêtres des Terraniens et des Arkonides. Se pouvait-il qu'ils se fussent éteints au cours du dernier demi-siècle ? La situation était énigmatique.

A présent, le tunnel ne s'enfonçait plus dans les profondeurs, le sol était horizontal. La vitesse de leur véhicule était inouïe. Pendant deux heures ce fut une course hallucinante, dans un silence rompu seulement par le ronronnement des moteurs électriques. Ils approchaient de l'entrée principale du souterrain, là où ils avaient subi la première attaque des invisibles.

— Je vois une faible lumière distante de dix kilomètres à peu près, annonça Wuriu Sengu.

156

On dirait un éclairage de secours. Il y a aussi des salles spacieuses remplies de machines, de nombreuses portes, des couloirs et des galeries qui mènent vers d'autres salles pleines de générateurs, d'appareils divers. Une des salles est entièrement tapissée d'écrans de contrôle qui envoient de faibles signaux ; mais toutes les machines sont arrêtées, rien ne tourne. Croyez-vous que nous approchons de la centrale des commandes ?

— Sûrement, confirma Perry Rhodan. Ainsi était la salle dans laquelle, voici soixante ans, j'ai pu rectifier un réglage erroné qui faillit être fatal aux Barkonides.

Le véhicule ralentit, ils entrèrent dans une salle haute et vaste, avec de nombreux embranchements de rails. Ils s'arrêtèrent.

— C'est ici que j'ai débarqué, dit Rhodan. Mais je ne me rappelle plus de quel côté je suis venu. Pouvez-vous voir où se trouve la salle des machines, Sengu ?

Le Japonais acquiesça d'un signe de tête.

— Allons-y, reprit Rhodan, maintenant, je m'y retrouve.

— Que veux-tu faire dans la salle des machines ? questionna le mulot. Jouer au chef-mécanicien ?

— La vérité sort de la bouche des simples, dit-on, et, il faut croire, aussi des mulots ! dit Rhodan en riant. Je n'y pensais pas, mais l'idée est bonne.

Il s'approcha d'une porte qui céda sous la pression de sa main. D'énormes générateurs, brillants comme s'ils avaient été astiqués la veille,

157

s'alignaient, parfaitement silencieux, dans une salle immense. Des tuyauteries et des câbles couraient sur le plafond et le long des appareillages jusqu'aux murs qu'ils traversaient pour rejoindre les tableaux de commandes. D'autres salles étaient disposées en enfilade.

Les pas des visiteurs résonnaient dans les pièces désertes.

Dans la centrale de commandes, les appareils de contrôle complexes et variés correspondaient aux fonctions diverses des énormes machines compliquées et puissantes, grâce auxquelles la planète solitaire poursuivait sa course dans l'espace cosmique. En particulier, un bloc hémisphérique attira l'attention de Rhodan. Des centaines de boutons et de cadrans multicolores hérissaient sa surface courbe. C'était d'ici, peut-être, qu'avait été orientée et contrôlée la marche de la planète. D'autres tableaux de commandes surmontaient de nombreux bureaux. Peut-être pour diriger la production d'air frais, ou celle de produits alimentaires ?

Avec un sentiment de découragement, Rhodan contempla l'immense dispositif de contrôle qui, pendant deux cent mille ans, avait assuré l'indépendance du soleil d'une planète entière. Comment s'y retrouver ?

Il s'approcha des cadrans. Toutes les aiguilles indiquaient le zéro. Le silence impressionnant confirmait l'indice des cadrans : toutes les machines étaient à l'arrêt.

Sengu indiqua une porte à travers laquelle lui parvenaient de faibles rayonnements. Ils entrèrent

158

dans la salle voisine. En son milieu, le sol montrait une coupole d'environ cinq mètres de diamètre.

— Là-dessous se trouve un générateur nucléaire d'une dimension et d'une puissance inimaginables sur Terre, expliqua le Stellarque. Lui aussi est à l'arrêt. Mais quelques restes de matière fissile émettent encore de faibles radiations qui traversent les blindages. Il n'y a personne ici, Sengu, tâchez donc de découvrir la centrale de contrôle en suivant les câbles et les tuyauteries.

Tâche surhumaine pour un simple mortel, elle fut facile pour le mutant japonais. En marchant pas à pas, il suivait les différents relais, ses yeux traversaient murs et parois pour maintenir le contact et, finalement, il s'arrêta devant le tableau hémisphérique et désigna un ensemble de trois boutons, un jaune, un vert et un rouge.

— Avec un peu de chance, le bouton vert pourrait être celui de la mise en marche, dit-il.

— Et le bouton rouge celui de l'arrêt ! ajouta le mulot qui avait la manie de mettre partout son grain de sel.

Perry Rhodan hésita pendant plusieurs secondes, puis enfonça résolument le bouton vert. D'abord, il ne se passa rien. Puis la coupole de la salle s'embrasa progressivement et inonda la salle d'une lumière presque aveuglante. Le réacteur s'était donc remis en marche. En même temps, un courant d'air se faisait sentir.

— Il semble que l'ensemble des machines fonctionne de nouveau, remarqua Rhodan. Mais j'aimerais savoir qui a débranché les appareils.

— Les Invisibles, peut-être, observa L'Emir. Bien que, jusqu'ici, ils ne se soient pas fait remarquer.

— Cela ne veut rien dire, c'étaient peut-être eux, en effet.

Rhodan ressentit une espèce de malaise. Il continua :

— Si vous constatez quelque chose de louche, n'hésitez pas à faire usage de vos armes. Nous savons maintenant qu'ils n'aiment pas cela. Cela dit, nous devrions tout de même trouver trace des Barkonides qui doivent se trouver quelque part. Le réacteur marche, nous avons au moins de la lumière.

— Prenons le wagonnet, proposa L'Emir, ici, il n'y a que des machines.

— Les quartiers d'habitation sont au même niveau, mais enfin, prenons le wagonnet. Sengu, quelle direction ?

— Je n'y ai pas encore pensé, commandant, je...

On entendit très nettement un déclic, puis la très légère vibration du sol sous leurs pieds s'arrêta. L'éclairage faiblit, disparut, il n'y eut plus d'air frais. Quelqu'un avait débranché le réacteur.

Rhodan alluma sa lampe de poche, la braqua sur le dôme ; il n'y avait personne. Ayant sorti son arme, il approcha des commandes : le bouton vert était sorti ! Quelqu'un avait dû enfoncer le bouton rouge.

— L'Emir, sommes-nous toujours seuls ou y a-t-il quelqu'un avec nous ?

— Je ne reçois aucune impulsion émanant d'un être conscient, nous sommes seuls, Perry.

Rhodan enfonça de nouveau le bouton vert. La lumière revint, les aiguilles des différents cadrans oscillèrent, le sol vibra de nouveau sous leurs pieds.

Ploc !

Tout s'arrêta une fois de plus. Rhodan eut le temps d'observer le bouton rouge qui s'était enfoncé avant que le bouton vert ne se relevât. Il refit la manœuvre, appuya sur le bouton vert tout en protégeant le bouton rouge de la paume de son autre main. Le réacteur s'était remis en marche.

Ploc !

C'était à n'y rien comprendre. Se pouvait-il qu'une action à distance fût exercée à partir de la surface ? Jusqu'ici, toute énigme avait trouvé son explication — assez tard, parfois, il est vrai. Rhodan enfonça le bouton vert, mais ne relâcha pas la pression de son doigt. A maintes reprises, il sentait la résistance du bouton qui voulait revenir ; enfin, ces tentatives cessèrent, les machines continuaient de tourner.

— Il n'est pas possible de nous éterniser ici rien que pour tenir enfoncé le bouton vert, constata Rhodan. De plus, si les étrangers s'aperçoivent de notre présence, ils couperont les relais ; mais pourquoi donc agissent-ils ainsi ? De toute façon, nous restons ensemble et reprenons le wagonnet. Quant à toi, L'Emir, retiens bien l'endroit où nous nous trouvons. S'il le faut, tu y reviendras pour réenclencher le dispositif.

— Cela promet un joli va-et-vient pour moi, maugréa le mulot.

La lumière brillait partout lorsque les Terraniens reprirent leur véhicule et se mirent en route. Mais cinq cents mètres plus loin, l'éclairage s'éteignit.

— A toi de jouer, L'Emir, dit Rhodan sans ralentir pour autant la vitesse de sa course.

L'instant d'après, la lumière revint et, avec elle, le mulot.

— Que j'attrape le farceur qui se moque de nous, cria-t-il de sa voix aiguë. Il me prend pour un sauteur...

Rhodan rit malgré lui. « Sauteurs », était le nom que l'on donnait sur la Terre aux tribus des Marchands Galactiques qui sillonnaient les espaces à bord de leurs vaisseaux transiteurs, c'est-à-dire, par bonds successifs. Or, ces « sauteurs » étaient des géants barbus et il était vraiment difficile de prendre le petit mulot pour un des leurs.

Au cours de la demi-heure suivante, L'Emir avait dû se déplacer une bonne douzaine de fois, mais, en fin de compte, l'éclairage était devenu stable et les machines continuaient de tourner. Le wagonnet s'était arrêté dans une vaste salle, face à un grand portail.

— D'après les explications de Regoon, le physicien en chef de Barkonis, nous devrions être ici à l'entrée de la ville souterraine la plus proche. J'aimerais bien savoir si Regoon est encore en vie.

Rhodan évoqua des événements remontant à

162

plus de cinquante ans. Ses compagnons ne connaissaient ni Regoon, ni Laar, l'atomiste distingué, ni l'astronome Gorat, et moins encore Nex, le nexologue, tous les quatre avaient été dirigeants de Barkonis.

Le portail refusa de s'ouvrir.

— Dites donc, Sengu et toi, le mulot, on va montrer à l'Immortel la valeur du travail d'équipe. Il était bien inspiré en me recommandant de vous emmener dans cette aventure. Sengu, pouvez-vous me décrire la construction de la serrure ?

Le regard du Japonais inspecta la serrure. Il en donna une description tellement précise que L'Emir, usant de son don de télékinésiste, n'eut aucune difficulté pour en faire jouer les différentes pièces. Et le portail s'ouvrit.

Derrière, tout était illuminé. Mais l'air qu'ils respiraient était tout sauf frais. Pourtant, les conduits de ventilation fonctionnaient, mais depuis trop peu de temps sans doute. Un large couloir se perdait dans le lointain. A droite et à gauche s'alignaient, régulièrement espacées, des portes identiques et numérotées.

Rhodan consulta le mulot de son regard.

— Rien, pas d'impulsions ?

L'Emir secoua la tête, il ne recevait aucune onde cérébrale. Si quelqu'un ici était présent, il devait être ou mort ou incapable de penser.

Rhodan examina la porte la plus proche, identifia le creux d'une serrure fonctionnant à la chaleur corporelle, y plaça sa main et attendit. Peu après, la porte s'effaça en glisant dans la paroi.

Le spectacle qui s'offrit aux trois visiteurs était hallucinant. Ils se trouvaient dans une salle immense, large de trente mètres et longue d'au moins trois cents. Des lits métalliques juxtaposés s'étageaient jusqu'au plafond. Sur chacun d'eux reposait un des Barkonides jusqu'ici vainement recherchés.

Etaient-ils morts ?

Cette idée affligeait profondément Perry Rhodan. Comment étaient-ils morts et comment se faisait-il qu'ils étaient tous alignés tranquillement et en bon ordre ? De toute évidence, il ne s'agissait nullement d'un sommeil cryogénique fréquent sur Arkonis par exemple. Les gisants étaient tous habillés ; rien n'indiquait qu'ils étaient surveillés ou nourris par un procédé quelconque.

Rhodan se pencha sur le corps le plus proche, celui d'un homme encore jeune. D'après son vêtement, c'était un technicien. Son visage était pâle. Il semblait dormir mais Rhodan, ayant collé son oreille contre la poitrine, ne perçut aucun battement du cœur. Le dormeur ne respirait pas non plus. Et pourtant, le corps était chaud. Si vraiment l'homme était mort, il ne l'était que depuis quelques minutes.

Une nouvelle panne d'éclairage interrompit ses investigations. Lorsque la lumière revint, Rhodan consulta du regard Wuriu Sengu. Mais le mutant était aussi décontenancé que lui et L'Emir. Ces êtres dormaient sans battements du cœur, sans respirer, sans activité cérébrale inconsciente, mais leur sang semblait circuler !

164

Ayant enrayé une nouvelle panne, le mulot revint en gesticulant.

— Là-bas, au central, j'ai perçu des impulsions qui n'ont rien de commun avec celles des Invisibles. C'étaient des signaux d'irritation, de la surprise d'être réveillé ; la perception était nette et claire.

Rhodan réfléchit fiévreusement. Après un dernier regard sur les rangées des gisants, il saisit les mains de Sengu et de L'Emir.

— Vite, retournons à la centrale ; il doit s'y trouver quelque indice.

Ils se rematérialisèrent tout près des commandes hémisphériques. Le mulot se concentra, les yeux fermés :

— Oui, cela provient de là-bas, tout près. Maintenant, il est complètement réveillé ; son cerveau fonctionne comme le nôtre, mais ses pensées sont désordonnées. Ce n'est certainement pas un Invisible.

— On y va ! décida Rhodan.

Sous la direction de L'Emir, ils passèrent trois ou quatre portes, s'engagèrent dans un large couloir apparemment sans fin. Le mulot s'arrêta devant une porte.

— C'est là derrière qu'il doit être. Tiens, il y en a encore un deuxième. D'abord, ils n'ont pas pensé, mais à présent, ils pensent normalement.

Le cœur de Rhodan se gonfla d'un immense espoir. Il posa sa main dans le creux de la serrure caldodermique, la porte s'ouvrit lentement. La chambre n'était pas très grande, confortablement meublée et n'avait rien de commun avec la salle des machines ou celle des dormeurs. Elle était éclairée par une lumière tamisée, la température était agréable sans être excessive.

Un homme grand et svelte, portant un vêtement serré, fit vers eux quelques pas mal assurés. Son visage trahissait une vive intelligence. Derrière lui, trois hommes étaient allongés sur des lits de repos ; l'un d'eux se dressa sur les coudes et observa attentivement les trois visiteurs.

— Perry Rhodan ! s'exclama le premier, les mains tendues vers l'arrivant. Nous vous attendions depuis longtemps, soyez le bienvenu !

CHAPITRE V

Rhodan serra la main de son ami.

— C'est vous, Nex, que s'est-il passé?

Le nexologue sourit timidement. Il reçut Sengu avec politesse mais jeta un regard intrigué sur le mulot avant de se pencher pour lui tapoter gentiment l'épaule, car l'uniforme de L'Emir l'informait qu'il s'agissait d'un être intelligent.

— Ce qui s'est passé? Je vous raconterai tout en détail. Mais, auparavant, expliquez-moi comment vous avez pu parvenir jusqu'à nous et comment les choses se passent dehors, je veux dire à la surface.

Rhodan était surpris.

— Vous n'avez pas de nouvelles de l'extérieur? Et vos instruments de contrôle?

— Nous sommes coupés du monde depuis plus de deux semaines.

Entre-temps, le deuxième personnage s'était levé et s'étirait les bras. C'était un géant au corps puissant, un second Barberousse.

— Que l'Esprit du Feu m'emporte, cria-t-il

d'une voix tonnante, si cet étranger n'est pas le passager du joli vaisseau spatial. C'est bien vous, Perry Rhodan ?

— C'est bien moi, Regoon, physicien en chef ! Quelle a été la durée de votre sommeil ?

— Plus de trois semaines, répondit Regoon.

Il salua les hommes et regarda avec surprise le mulot.

— Par exemple, qui est-ce, celui-là ?

— C'est mon ami L'Emir qui vient de la planète Tramp dans la Voie lactée. Ses grands yeux nous font penser à des mirettes, ce qui a donné son nom, L'Emir.

— Très honoré, dit le mulot facétieux. Je serais heureux de recevoir votre visite sur ma planète patrie !

Barberousse s'agitait, surpris.

— Oh ! il sait même parler. Et l'intercosmos, par-dessus le marché ! Il n'est pas de notre race ?

— Il ne manquerait plus que cela ! cria le mulot indigné, en se rendant auprès des deux dormeurs qui commençaient à bouger sur leurs lits.

Rhodan fit le récit de leur aventure sur Barkonis et raconta ce qu'ils avaient trouvé à la surface de la planète. Il ne révéla pas la raison de leur venue et ne parla pas de l'Immortel. En revanche, il évoqua les attaques réitérées des Invisibles et leurs interventions sournoises sur le tableau de commande du réacteur. Il conclut :

— Et maintenant, racontez-moi ce qui s'est passé chez vous. Est-ce que votre projet n'a pas marché ?

168

Regoon répondit :

— Si, tout a très bien marché selon nos prévisions. Nous avons pu nous dégager de la pesanteur de notre soleil et prendre la route de la Galaxie. La vie souterraine s'est poursuivie comme prévu. Et puis, au bout de cinquante ans, nous avons subi les premières agressions de la part des intelligences inconnues. Racontez la suite, Nex.

Le savant prit la parole :

— Oui, nos téléviseurs installés au-dehors nous ont appris des événements curieux. A la surface, l'air respirable s'est transformé en neige, rendant toute vie impossible. Puis les caméras de prise de vue à l'extérieur sont tombées en panne sans remède et nous avons compris que nous avions affaire à un adversaire fourbe, agissant indirectement. La dernière chose que nous ayons pu observer était un rayon énergétique qui a fait fondre la neige et évaporer l'eau, sans doute pour examiner la nature de notre sol. Nous n'avons jamais vu personne, bien que d'énormes morceaux de roc fussent déplacés, peut-être dans l'intention de nous découvrir. Puis, ils nous ont trouvés ! La liaison avec le monde extérieur coupée, les machines furent arrêtées. Nous avons réenclenché le réacteur, quelques minutes plus tard il était disjoncté.

— Nous avons connu cela ! remarqua Rhodan.

Tranquillement, Nex continua sa narration :

— Réflexion faite, nous avons décidé de distribuer des somnifères préparés par nos médecins. Ces drogues ont la particularité de paralyser une part de l'organisme qui meurt, pour ainsi dire, puisque le cœur cesse de battre, tout en permettant une circulation sanguine très ralentie. L'alimentation devient inutile et la consommation d'oxygène insignifiante. Nous appelons cet état le sommeil caldogénique parce que le corps conserve sa température normale. Cet état est le meilleur moyen pour passer des périodes critiques. En effet, notre production alimentaire ne marchait plus, celle de l'oxygène était gravement compromise. C'est pourquoi nous avons donné l'ordre à notre peuple de gagner les salles de sommeil et de prendre les drogues prescrites. Quant à nous quatre, nous avons fait de même. Mais nous avons préféré rester à proximité des machines. De plus, nous avons absorbé aussi l'antidote afin de nous réveiller dès l'oxygène revenu, sachant que cela impliquait la disparition des Invisibles.

— Ou la remise en marche du réacteur par quelqu'un ? demanda Rhodan.

Nex sourit.

— Pas nécessairement, car un relais automatique de sécurité le remet en marche toutes les vingt-quatre heures. Mais ce n'était qu'un pis-aller puisque les inconnus, à chaque fois, l'ont débranché. A présent, il semble qu'ils aient cessé leurs tentatives pour nous étouffer.

En son for intérieur, Rhodan se félicita de son intervention. Mais l'instant d'après la lumière, une fois de plus, s'éteignit. On entendit le mulot proférer un juron, l'éclairage fut rétabli et L'Emir revint.

— Ils sont tenaces, ces loustics ! dit-il en colère. N'y aurait-il pas moyen de fixer définitivement le bouton vert ?

— A quoi bon ? répliqua Rhodan. Ils court-circuiteraient les relais.

— Pour ce faire, ils devraient venir sur place, rétorqua L'Emir. Or, avec le bouton ils interviennent à distance car je ne reçois aucune impulsion. Si nous fixons le bouton, ils seront obligés de venir ici. Et alors, ils seront bien reçus, je vous le promets !

Ce propos parut judicieux.

— L'idée est excellente, s'écria Regoon, n'avons-nous pas assez d'instruments à laser pour y parvenir ? Nous allons souder le bouton en position de marche !

Cette décision rassura le mulot qui annonça avec grandiloquence :

— Vos deux loirs se sont réveillés. Faut-il les éjecter de leurs lits ?

Rhodan, Sengu, le mulot et les quatre Barkonides s'approchèrent prudemment de la centrale. Rhodan avait troqué son pistolet contre une arme beaucoup plus lourde des Barkonides. Lorsque la lumière s'éteignit une nouvelle fois, L'Emir enfonça le bouton vert et Regoon, d'un jet très fin de son laser, fit fondre le cadre dont la matière, en se liquéfiant, s'amalgama avec celle du bouton ; figée en quelques instants, la nouvelle masse retint définitivement le bouton en position de mise en marche. Rhodan actionna à plusieurs reprises le bouton rouge. L'éclairage persista, le réacteur ne s'arrêta plus.

Nex, très satisfait, sourit.

— Qu'est-ce qu'ils vont faire, maintenant ? demanda-t-il.

Rhodan lui indiqua le mulot qui s'était posté un peu à l'écart.

— Celui-là nous le dira. Il les « sent » à distance.

Nex ne posa pas de questions pour savoir comment on pouvait les « sentir ». Tous se retirèrent du bloc de commande et se répartirent en éventail autour de ce centre. Ce que trois projecteurs énergétiques avaient pu réaliser à la surface devait être plus facile à sept, par ailleurs plus puissants.

Ils attendaient en silence, ne sachant pas si les étrangers avaient des yeux pour voir ou d'autres moyens pour trouver leur chemin. Enfin, L'Emir fit signe qu'il sentait une arrivée. De son côté, Rhodan ressentit lui aussi des impulsions confuses, mais menaçantes. Leur intensité grandissante, proportionnelle à la distance, indiquait une approche rapide, très rapide, même.

« Seraient-ils capables de traverser la matière solide ? » se demanda Rhodan.

— Ils arrivent ! chuchota le mulot en regardant le bloc de commande.

C'était là, en effet, qu'il fallait les attendre puisque leur intervention directe sur le réacteur paraissait improbable ; n'étaient-ils pas vulnérables aux rayons énergétiques ?

Une main invisible enfonça le bouton rouge. Mais le bouton vert résista et ne bougea pas ; la lumière continuait de briller, le réacteur de tourner.

En inclinant la tête, Rhodan donna le signal convenu. Sept armes lourdes firent converger leurs éclairs atomiques vers le point où devait se tenir l'inconnu pour pouvoir agir comme il l'avait fait. La concentration des flux énergétiques fit se dégager peu à peu une forme humanoïde. L'inconnu devenait visible, son corps se tordait de douleur et il essayait vainement de se soustraire à l'emprise des rayons mortels. Même son visage devint visible. Il avait des yeux inexpressifs, une bouche déformée par un rictus.

Sur un autre signe de Rhodan, les armes se turent, les rayons s'effacèrent. Mais l'étranger restait. Il s'était affalé au sol en proie à des convulsions. Rhodan, qui sentit faiblir les impulsions en provenance de l'inconnu, s'élança vers lui sous la protection du mulot prêt à intervenir contre un second adversaire.

La main de Rhodan saisit le personnage, sentit une sorte d'étoffe et, à travers elle, de la chair. D'une secousse, Rhodan arracha l'individu du sol et le mit sur pied. Mais le blessé, évanoui, s'affala de nouveau. Rhodan ne relâcha pas sa prise, essaya de scruter le visage du personnage, qui devenait flou.

— Il devient invisible, cria L'Emir. Ses pensées... Il meurt.

La main de Rhodan passa à travers l'étoffe dans le corps de l'inconnu. Un instant encore, le moribond fut visible, puis devint de plus en plus transparent, si bien que le sol métallique apparut au travers de son corps. Rhodan perçut des impulsions trahissant l'angoisse, l'horreur, la douleur, puis elles cessèrent et l'inconnu disparut. Il était mort, s'était dilué dans le néant.

Ils étaient réunis dans le salon jouxtant le central des Barkonides. Depuis de longues heures, le réacteur fonctionnait sans défaillance. Les Invisibles avaient-ils renoncé à leurs attaques ? Toujours est-il que L'Emir ne reçut plus aucune de leurs impulsions. Mais la paix était-elle définitive ?

— D'où viennent-ils ? se demanda vainement Rhodan.

— Ils semblent venir du grand vide intergalactique, expliqua Nex. Peut-être n'ont-ils pas de planète patrie et errent-ils à travers l'espace à la recherche d'un refuge. Auraient-ils pris Barkonis pour une planète inhabitée et, reconnaissant leur erreur, nous ont-ils attaqués ? Ils sont invisibles et incorporels et cependant, un des leurs semble s'être matérialisé. Il mourut et devint immatériel. Est-ce à dire que c'est là leur état naturel ? Ils vivent dans les mêmes dimensions que nous. Ils ignorent la téléportation, mais obtiennent un effet

174

similaire. Ils sont non seulement invisibles, mais, dirait-on, inexistants. Et pourtant, leurs cerveaux sont présents. Je ne vois aucune explication !

— Nous en trouverons une, assura le nexologue, promoteur d'une nouvelle science encyclopédique refusant la spécialisation. Le jour viendra où nous connaîtrons leur identité et leur origine.

Cette affirmation n'avait rien de bien rassurant pour Rhodan. Comment se défendre contre les Invisibles si l'idée leur venait d'agresser l'Empire Solaire ?

Regoon entra dans la pièce.

— Tous les services fonctionnent de nouveau. Un autre blindage énergétique est en train de se construire autour de la planète, comme vous l'avez conseillé, Rhodan, puisque les Invisibles ne semblent pas aimer les champs de force. Dès que le blindage sera en place, l'atmosphère sera régénérée et, malgré un froid intense, on pourra vivre en surface.

— Cela vous permettra d'y établir des bases d'observation, remarqua Rhodan. En effet, ce qui vous est arrivé ne devra plus se renouveler. Le hasard m'a permis d'intervenir à temps, mais une autre fois il sera peut-être trop tard. Comptez-vous réveiller la population ?

— Pas encore, déclara Nex. Auparavant, il faudra être sûrs que les Invisibles ne nous attaqueront plus.

— Quand croyez-vous que ce moment viendra ? demanda Rhodan.

Nex leva les bras dans un geste typiquement humain, avouant son ignorance.

— Il serait utile que L'Emir et moi nous rendions à la surface, dit Sengu. Si les Invisibles nous attaquent, nous saurons qu'ils n'ont pas encore renoncé à leur projet d'invasion.

— Ce sera pour plus tard, répondit Rhodan.

Il luttait contre le pressentiment d'un immense péril menaçant la Voie lactée habitée de la part des Invisibles. Il fallait trouver d'autres parades que celles de hasards favorables — peut-être des rideaux énergétiques ?

— Il serait bon de réveiller quelques techniciens, dit Regoon. Les services techniques ont besoin d'une surveillance constante que nous ne pouvons pas assurer. Par ailleurs, la production alimentaire a repris normalement et a besoin, elle aussi, d'un personnel compétent.

Nex, ayant donné son accord, proposa à Rhodan et à ses amis une chambre où se reposer. Ils s'allongèrent sur des lits confortables et Rhodan fut surpris de constater que, curieusement, il se sentait frais et dispos comme après un sommeil réparateur, et y vit le témoignage de l'Immortel, soucieux de soutenir leurs forces — ne fût-ce que pour accélérer le sauvetage des Barkonides.

CHAPITRE VI

A l'insu des Barkonides qui croyaient leurs visiteurs endormis, Rhodan, téléporté par le mulot, avait inspecté la surface. Trois jours avaient suffi pour y apporter de notables changements. Tout d'abord, ils n'étaient plus seuls. Un groupe de spécialistes barkonides les accompagnaient, équipés d'instruments de mesures hypersensibles aux rayonnements d'énergie. Ils respiraient un air froid mais pas trop raréfié. La ceinture atmosphérique était encore mince et maintenue artificiellement par des champs énergétiques et calorigènes, si bien que la neige aux cimes des montagnes commençait de fondre et de délivrer d'autres provisions d'oxygène respirable.

— D'ici une semaine, l'ensemble de l'atmosphère sera redevenu gazéiforme, affirma un des spécialistes. Alors nous pourrons établir des stations d'observation.

— Je reçois des impulsions lointaines, mais qui approchent, signala L'Emir.

Rhodan recommanda à la moitié des Barkonides de déposer leurs instruments et de prendre des armes. L'autre moitié s'affairait autour de leurs cadrans. Nex, alerté, avait rejoint le groupe formé par Rhodan et les Barkonides.

— Ils s'arrêtent, annonça le mulot. Peut-être ont-ils peur de nous ? Voilà qu'il n'y a plus rien du tout... Serait-ce parce qu'ils ne pensent plus ?

Deux écrans portatifs s'illuminèrent et furent striés de lignes vertes en zigzag. Sur l'ordre de Nex, deux Barkonides braquèrent une caméra de télévision ; les stries changèrent de dessin.

— A moins de deux kilomètres de nous, un obstacle reflète nos ondes, expliqua Nex, subitement soucieux. Et sept kilomètres plus loin, se trouvent trois autres obstacles de même nature.

Il consulta les techniciens.

— Il paraît qu'il s'agit d'objets de forme oblongue, de vingt mètres de diamètre et longs de cent. Serait-ce des...

Rhodan affirma d'un signe de tête.

— Oui, ce sont des vaisseaux spatiaux appartenant sans doute aux Invisibles et invisibles comme eux.

Rhodan avait des arrière-pensées.

— Pas d'impulsions, peut-être est-ce l'effet de filtres spéciaux ? dit le mulot.

Sur les écrans, les lignes vertes vibrèrent, comme folles. Nex discuta avec un technicien, puis énonça :

— Le premier vaisseau a décollé, il consomme notre énergie, traverse notre champ de force et pousse dans l'espace. Tiens, il a disparu ! Il est hors de portée. D'après vos mesures, il a franchi environ dix heures-lumière.

Rhodan émit un sifflement admiratif : dix heures-lumière parcourues en dix secondes, rien que pour le décollage ! Quelle devait être la vitesse de ces vaisseaux une fois dans l'espace libre ?

Nex revint vers Rhodan.

— Les trois autres vaisseaux ont également décollé, ont déchiré notre champ de force — qui est en train de se reconstituer — et sont partis. Notre perte atmosphérique est minime. Mais comment interpréter tout cela, est-ce une fuite ?

— Cela en a tout l'air. Ayant constaté que leur plan d'invasion a échoué, ils en tirent les conséquences comme il sied à des êtres intelligents. A mon avis, Nex, vous pouvez reprendre votre voyage en toute tranquillité et même réveiller toute notre population. Je pense que les quatre vaisseaux ont agi en éclaireurs qui se sont rendus ici, où les radiations sont les plus fortes puisque le réacteur se trouve juste sous nos pieds. Dans l'avenir, vous n'aurez rien à craindre d'eux pourvu que vos stations extérieurs détectent tout objet qui, visible ou invisible, s'approche de votre planète.

— Objet, dites-vous ? Mais les quatre vaisseaux n'étaient pas des objets, ils n'étaient que rayonnement énergétique ! observa Nex, incrédule.

— Vous savez bien de quoi je parle, observa Rhodan.

Pour lui, la tâche que lui avait assignée l'Immortel de la planète Wanderer était accomplie. Et pourtant, il eut à se défendre contre quelques doutes.

*
**

Deux jours plus tard, la drogue antisommeil ajoutée à l'air respirable ayant agi, les Barkonides sortirent de leur sommeil et reprirent leur existence comme si rien ne l'avait tourmentée. Rhodan était certain que les Invisibles n'oseraient pas une seconde attaque contre Barkonis.

— *Perry Rhodan, vivent-ils ?*

L'Immortel ! De nouveau, celui-ci recevait les impulsions des Barkonides revenus à la vie bien qu'il fût encore trop faible pour les interpréter. Pour un télépathe véritable, la distance, quelle qu'elle soit, n'est pas un obstacle, mais cela était le privilège de l'Immortel sur Wanderer.

— Barkonis a été assailli par des inconnus, répondit Rhodan, muet à la question muette. Pour fuir la mort par manque de vivres, ils se sont réfugiés dans un sommeil profond auquel leur cerveau a participé.

L'entretien télépathique se poursuivait :

— D'où l'absence d'ondes cérébrales ? communiqua l'Immortel. Mais qui étaient ces étrangers ?

— Ils venaient du grand néant. Ils sont invisibles. Ce n'était qu'un commando de quatre vaisseaux que nous avons pu détecter avec des instruments spéciaux au moment où ils ont quitté Barkonis. Mais ils ont failli réussir, leur technique...

180

— Invisibles ou incorporels, ils se matérialisent sous l'effet d'une forte concentration énergétique et disparaissent de nouveau, soit parce que le champ faiblit, soit parce qu'ils meurent.

Rhodan était seul sous le ciel noir et sans étoiles, avec l'unique tache blanchâtre à l'horizon. La neige avait disparu de partout, fleuves et rivières s'étaient formés et cherchaient leur chemin dans un paysage de nouveau verdoyant. La voix inaudible reprit :

— Barkonis n'est qu'un jalon sur la route qui mène à notre galaxie.

— Ils ! Qui sont-*ils* ? répliqua Rhodan saisi d'une inquiétude croissante.

L'Immortel ne répondit pas à cette question.

— Ta mission est terminée, Perry Rhodan. Désormais, je veillerai moi-même sur les Barkonides. Reviens, je t'attends. Dans deux heures mon vaisseau se posera à l'endroit où tu te trouves en ce moment. Rappelle-toi que vous n'aurez que dix minutes pour embarquer, toi et tes amis.

La volonté de l'Immortel était sans réplique, même pour le Stellarque. Celui-ci appela le mulot qui, télépathe, avait écouté l'entretien muet.

— Alors, le Vieux ne veut pas lâcher le morceau ? dit L'Emir de sa manière irrespectueuse.

— Il a certainement des raisons valables, répondit Rhodan. Et maintenant, l'heure du retour a sonné, prenons congé de nos hôtes. Dans cent vingt minutes, nous partons.

Ils trouvèrent Sengu en vive discussion avec Nex et les autres Barkonides.

— Il est évident qu'une société composée de spécialistes est trop vulnérable. La défaillance d'un seul rouage met en panne la machine la plus perfectionnée, exposa justement le nexologue.

— Très juste, répliqua Sengu. Mais un nexologue ne remplacera jamais une équipe de spécialistes dont il ne peut assumer l'ensemble des connaissances.

— Peut-être, mais c'est un moindre risque. Un nexologue se tirera de n'importe quelle situation, un spécialiste, non.

Rhodan et L'Emir s'étaient rapprochés du groupe discutant.

— Le nexisme est certainement une théorie intéressante, dit Rhodan. Il sera peut-être utile d'avoir un nexologue à bord de chaque vaisseau de l'espace. Nous aurons l'occasion d'en parler, je pense. Mais, à présent, il faut nous séparer.

Les Barkonides étaient consternés.

— Et si les Invisibles reviennent ?

— Soyez sans crainte, dit Perry Rhodan. Maintenez bloqué le réacteur et surveillez l'espace. Continuez votre voyage. Et dites-vous bien que vous ne serez jamais seuls !

Regoon comprit que la décision du Stellarque était irrévocable. Il entrevoyait aussi une volonté supérieure à celle de Rhodan. Aussi fit-il appeler Gorat et Laar. Et les quatre Barkonides, responsables de leur planète et de sa population, prirent congé de leurs visiteurs, de leurs sauveurs.

— Ne nous remerciez pas, dit Perry Rhodan en conclusion. Que serions-nous sans vous ?

C'était une formule de politesse car les Barkonides se considéraient comme les ancêtres de
toutes les populations de la Voie lactée. Il était
bon de leur donner un réconfort moral dont ils
auraient certainement grand besoin dans un avenir
lointain et incertain.

*
**

A l'instant précis, le sas du vaisseau se referma,
le navire prit son envol, perça le champ protec-
teur, s'élança dans l'espace. Bientôt, Barkonis,
s'éloignant de plus en plus vite, ne fut plus qu'une
boule indistincte flottant dans l'Eternité. Comme
un nuage blanc, la Voie lactée brillait à l'horizon
vers lequel se dirigeait la nef.

Rhodan et les siens étaient sur le chemin du
retour.

CHAPITRE VII

Le *Drusus* s'était posé sur la planète Wanderer. Faisant droit à la demande du Stellarque, l'Immortel avait accordé à Rhodan et à toute sa suite, mutants ou non, une nouvelle douche cellulaire revitalisante, prolongeant leur vie une fois de plus.

Dans une salle où ils étaient seuls, la boule brillante et mystérieuse s'abaissait vers Rhodan assis dans un fauteuil.

— Ne me dis rien, j'ai lu dans tes pensées. Voilà ce que tu dois savoir.

— Et mes questions ?

— Je ne puis répondre. Trop de connaissances inhibent l'initiative. Tu resteras lucide. Les Barkonides sont sauvés et en route pour nous rejoindre. Plus proche que tu ne le crois est le jour où ils seront auprès de nous.

— Tu connais l'avenir ?

— L'avenir est fixé. Le secret, c'est la multiplicité des voies qui y mènent. La course des temps et des espaces, quels qu'ils soient, a connu un début voici des milliards d'années. Elle connaîtra aussi une fin où toutes les voies convergeront : l'avenir.

Rhodan frissonna.

— Quel est le sens du passé et du présent si l'avenir ne signifie que la fin ?

— Qui connaît ce mystère hormis nous deux ? Aurais-tu le courage de le dévoiler ? Quelle est la *fin* ? N'a-t-elle pas une suite ? Le *néant* existe-t-il ?

La boule brillante, symbole d'une race disparue, cristallisation de sa sagesse infinie, semblait enfler et gagner de la hauteur.

— Les réponses aux questions que tu poses dépasseraient ton entendement. Seras-tu jamais satisfait ? Ton intelligence est supérieure à celle des autres créatures de cet Univers. Chaque être pensant décide de la voie à suivre et, pourtant, n'a qu'une seule certitude. Celle que sa voie mènera dans l'avenir. Tu en fais autant. Mais toi, tu es accompagné de quelqu'un qui connaît la route. Ce n'est pas la plus facile, mais celle que bordent les plus grandes richesses. Il te suffira de les reconnaître à temps et de les cueillir. Je suis seul à pouvoir te répondre. Je ne le ferai pas. Il y aura des dispositifs pour explorer le temps. Certains réussiront à percer son mur et aboutiront ; cesseront du même coup d'exister, car quelle peut être l'existence d'un explorateur du temps, sans temps ? Son retour est inconcevable, comme il est impossible de nager à contre-courant du devenir, tout au moins sur le plan matériel.

La vision disparut. Rhodan était assis dans son fauteuil, seul. Il était conscient de sa faiblesse et de celle de ses moyens d'agir. Il se dit cependant que si la *fin* était aussi sombre que l'avait laissé entendre l'Immortel, celui-ci n'existerait et surtout, ne le guiderait pas. Il le remercia de tout son cœur.

— Moi aussi, je te dois des remerciements, fut la réponse muette. Tu as redressé une situation où j'étais impuissant. Si nous n'avions pu sauver les Barkonides...

La phrase resta inachevée ; Rhodan s'enhardit.

— Que sont les Barkonides, que sont-ils pour toi ?

— Je n'ai pas une sympathie particulière pour eux, c'est le fait de leur existence qui importe. Sans eux, l'avenir serait modifié, me semble-t-il.

— Je croyais que l'avenir était fixé ?

— Je le crois comme toi, et pourtant...

Rhodan sut qu'il n'aurait pas d'autre réponse. Il continua :

— Et les Invisibles, qui sont-ils, les as-tu déjà rencontrés ?

La réponse se fit attendre.

— Je leur dois ce que je suis. Je ne puis dire davantage.

— Mais cela signifie qu'ils ne sont pas tes ennemis. Pourquoi donc ont-ils agressé Barkonis, tes amis ?

Une pause.

— Lorsqu'un adversaire te tue, tu lui es redevable de ta mort. N'est-ce pas assez clair ?

La boule scintillante s'éleva lentement vers le plafond. Dès que Rhodan se fut levé, son fauteuil disparut. Le fait n'était pas pour émouvoir le Stellarque, pas plus que celui d'avoir passé presque une semaine sur Barkonis alors que sur le *Drusus* son absence n'avait duré que quatre heures.

Le croiseur terranien avait repris sa course. Sikerman venait d'annoncer la première transition. Rhodan recevait ses amis dans son salon.

— La première fois que tu as visité Barkonis, disait Reginald Bull, tu y as passé trois semaines qui n'étaient qu'une seule seconde sur Terrania. Cette fois-ci, une semaine a duré quatre heures. Il faut croire que l'Immortel peut modifier l'écoulement du temps.

— C'est pratique ! intervint le mulot avec son impertinence coutumière. On dit à sa femme d'avoir à faire un saut au bureau et, en réalité... on a passé quinze jours dans les mers du Sud, tout en revenant pour le déjeuner de midi.

John Marshall ne goûta pas ces exubérances. Il était préoccupé.

— Qui sont ces Invisibles, d'où viennent-ils, comment se fait-il que nous n'ayons jamais eu l'occasion de les rencontrer ?

— Voilà trois questions auxquelles je ne puis répondre, dit Rhodan. Tout ce que je sais, c'est que l'Immortel connaît les étrangers et qu'il a eu affaire à eux. Je crains que, nous aussi, n'ayons à les affronter un jour et que cette rencontre soit autrement plus grave que celle avec les Droufs. La différence est énorme.

— Attention, transition ! rappela le colonel Sikerman, commandant du *Drusus*.

Et le gigantesque vaisseau amiral de Perry Rhodan amorça la dernière étape de son retour à l'Empire Solaire.

FIN

Achevé d'imprimer en septembre 1983
sur les presses de l'Imprimerie Bussière
à Saint-Amand (Cher)

— N° d'impression : 1799. —
Dépôt légal : novembre 1983
Imprimé en France

PUBLICATION MENSUELLE